LES

VERTUS

MILITAIRES

LILLE. — L. LEFORT

ÉDITEUR.

LES VERTUS MILITAIRES

G

In-12, 3ᵉ série.

19057

A LA MÊME LIBRAIRIE

Les Vertus Militaires

Bonchamp ordonne qu'on fasse grâce aux 5000 prisonniers.

LES

VERTUS MILITAIRES

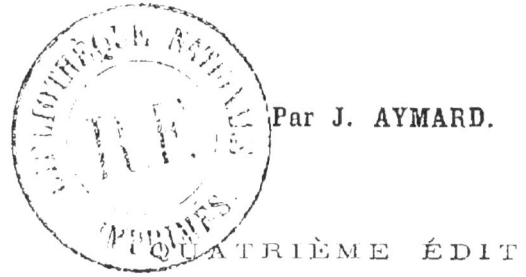

Par J. AYMARD.

QUATRIÈME ÉDITION

Fais ce que dois !

———◦◦◦◦◦———

LIBRAIRIE DE J. LEFORT

IMPRIMEUR, ÉDITEUR

LILLE | PARIS

rue Charles de Muyssart, 24 | rue des Saints-Pères, 30

INTRODUCTION

LE VÉTÉRAN ET LE JEUNE OFFICIER.

Un vieux soldat s'avançait lentement, la main appuyée sur l'épaule d'un jeune officier. Ses yeux à jamais fermés n'apercevaient plus le soleil qui cheminait dans les cieux ; à la place du bras droit se repliait une manche vide, et le bruit sec de sa jambe de bois sur le pavé faisait retourner les passants.

A la vue de ce vieux débris des champs de bataille, la plupart hochaient la tête avec un sentiment de compassion, ou faisaient entendre une plainte ou une malédiction contre la guerre.

Le vétéran avait entendu, et son front s'était plissé, car il lui semblait que son guide, son petit-fils, élevé sous les drapeaux, devenait soucieux. Frappé de ce qui se répétait autour de lui, il répondait à peine aux questions du vieillard, et son regard, vaguement perdu dans l'espace, semblait y chercher la solution de quelque problème.

Le vieillard s'arrêta brusquement, et retenant du bras qui lui restait son jeune conducteur,

« Ils me plaignent tous, dit-il, parce qu'ils ne comprennent pas; mais si je voulais leur répondre!

— Que leur diriez-vous, mon père? demanda le jeune homme avec curiosité.

— Je dirais à ces femmes qui me plaignent en voyant mes cicatrices, de donner leurs larmes à d'autres malheurs ; car chacune de mes blessures me rappelle un effort, un dévouement tenté pour le drapeau, c'est-à-dire pour la patrie. On peut douter de certains sacrifices ; les miens sont écrits avec le fer et le plomb des ennemis ; me plaindre d'avoir fait mon devoir, c'est supposer qu'il eût mieux valu le trahir.

— Mais à cet homme avide d'argent, qui disait « tant de sang versé pour une petite pension ! » que répondriez-vous ?

— Je répondrais que j'ai combattu pour l'honneur et non pour l'argent, pour le devoir et non pour l'intérêt ; et que le dévouement désintéressé, allât-il jusqu'à l'effusion du sang, est d'un salutaire exemple dans un siècle tel que le nôtre.

— Et le péril incessant de la mort ?

— Il entretient en nous la foi et la crainte de

Dieu, mon fils. Un véritable chrétien est le meilleur des soldats, car il sait obéir, il sait souffrir, il sait mourir! La gloire même ne l'éblouit pas, le devoir lui suffit; il n'a pas besoin de l'approbation des hommes, car il sait que l'œil de Dieu pénètre partout, et que la mort obscure du soldat ignoré est aussi grande aux yeux du Rémunérateur suprême que le trépas du général qu'une balle frappe en tête de l'armée, qui s'ensevelit dans sa victoire et sous les pompeuses funérailles d'un deuil public. Le véritable chrétien, le véritable soldat ne craignent pas la mort, car ils se tiennent toujours prêts, comme des serviteurs fidèles, comme des sentinelles vigilantes; ils vont à la mort sans peur, parce qu'ils emportent, en tombant, le sentiment du devoir accompli et de la conscience satisfaite.

— Mon père, en parlant ainsi, vous peignez votre propre vie et vos sentiments!

— Plût au Ciel, mon fils !... Mais retenez qu'il n'est pas de soldat, comme il n'est pas de chrétien, sans la foi, le courage et le désintéressement. S'attacher à Dieu et ne pas tenir à la terre, voilà tout le secret. Donc, mon fils, ayez de la religion, si vous voulez épurer et agrandir votre courage. Toujours prêt à combattre, déterminé à mourir, le soldat qui prend pour motif de sa valeur la loi de Dieu, ses châtiments, ses récompenses, doit l'emporter sur tous les guerriers dont un autre intérêt animerait la valeur. Voyez sur les autels un saint Maurice, un saint Victor, un saint Louis, modèles de courage, d'abnégation et de foi, et soyez convaincu que la religion qui prescrit le sacrifice, l'obéissance, le dévouement aux autres, qui défend la mollesse, réprouve l'orgueil, interdit l'égoïsme, est la religion de l'homme de guerre. La croix et l'épée s'accordent à merveille, et le vieux chrétien, pas plus que le vieux

2

soldat, n'entend pas qu'on le plaigne des sacrifices qu'il a faits à son Dieu et à son pays!
Encore un coup, si je pouvais parler haut à ceux
qui me jettent en passant un regard de pitié,
je leur dirais : Ne plaignez pas le vieux soldat
mutilé pour son pays, le vieux soldat pauvre et
qui espère en une meilleure vie, car lui peut
montrer ses cicatrices sans rougir! »

VERTUS MILITAIRES

HÉROÏSME

Les Croisades.

On use la plus grande partie de notre jeunesse, dit un célèbre écrivain, à nous faire admirer les héros plus ou moins fabuleux d'Homère et de Virgile, les héros plus ou moins barbares de la Grèce et de Rome, et nous ne connaissons pas les héros de notre patrie! Les héros des Croisades, dépeints dans leur simplicité par les chroniqueurs, sont bien plus admirables que les héros antiques; à une valeur égale et souvent supérieure, ils joignent la piété, la douceur, et surtout la modestie et l'humilité.

De ces grands hommes, le plus grand, le plus
justement célèbre, c'est Godefroi de Bouillon, chef
de la première croisade. Il offre le type des vertus
militaires; car il réunissait en lui la valeur, la prudence, la générosité, la foi en Dieu, la douceur
envers le faible. Fidèle à sa parole, libéral, affable,
plein d'humanité, les princes et les chevaliers le
regardaient comme leur modèle, les soldats comme
leur père; tous les guerriers voulaient combattre
sous ses drapeaux. Son courage n'était pas seulement de la force physique, il devait tout à la grandeur de son âme. On le vit supporter avec une
patience inébranlable les horreurs de la faim et de
la soif dans les stériles vallées de la Pisidie; lutter,
dans un endroit désert, contre un ours furieux qui
avait attaqué un pauvre soldat, et soutenir, à la
bataille de Dorylée, le choc des innombrables bataillons des Sarrasins. A la prise d'Antioche, il
montra l'habileté d'un grand capitaine, et signala
en même temps sa bravoure par des actions que
l'histoire et la poésie ont célébrées. Aucune armure
ne pouvait résister au tranchant de son épée; il
faisait voler en éclats les lances, les casques et les
cuirasses. Un Sarrasin qui surpassait tous les autres par sa stature, se présenta au fort de la mêlée

pour le combattre, et, du premier coup qu'on lui
porta, mit en pièces son bouclier. Godefroi, indi-
gné de cette audace, se dresse sur ses étriers,
s'élance contre son adversaire, et lui porte sur
l'épaule un coup si terrible, qu'il partage son corps
en deux parties. La première, disent les historiens,
tomba à terre, et l'autre resta sur le cheval, qui
rentra dans la ville, où cet aspect redoubla la cons-
ternation des assiégés.

Le siége de Jérusalem signala la valeur de
Godefroi. Il combattait sur une haute tour de bois
roulée devant les remparts, bravant les flèches,
les javelots, l'huile bouillante, le feu grégeois que
les Sarrasins lançaient sur lui. Il animait les siens
par son exemple; tous les traits qui partaient de sa
main portaient la mort parmi les ennemis. Sa forteresse roulante s'approchait des murs de la ville
sainte, et il était le but de tous les coups. Au milieu
d'une décharge terrible de pierres, de traits, de
torches enflammées, de feu grégeois, il fit tomber
le pont-levis de sa machine sur le rempart, et,
précédé par Raimbaut Créton d'Estourmel, suivi de
Baudouin du Bourg, d'Eustache et de quelques
autres braves chevaliers, il s'élança sur les murs de
Jérusalem, enfonça les Sarrasins, et se précipita sur

leurs traces dans la ville sainte, enfin conquise après tant de travaux et de fatigues. La cruauté ne souilla point sa victoire, il fut aussi clément que brave, aussi pieux qu'intrépide, digne de porter la couronne de David que ses compagnons d'armes lui décernèrent d'une commune voix.

Beaucoup d'autres héros se signalèrent dans les guerres saintes ; mais aucun, si ce n'est l'immortel roi de France, saint Louis, ne réunit comme Godefroi de Bouillon toutes les vertus du grand général et du parfait chrétien. L'intrépidité, l'énergie se peignent dans Tancrède, Raymond de Toulouse, Robert de Flandre, Richard d'Angleterre, Louis le Jeune, qui soutint seul, durant trois heures, le choc de sept Sarrasins ; dans le doge Dandolo, dont le courage n'avait pas été glacé par quatre-vingts hivers ; la prudence d'Ulysse revit dans Bohémond d'Antioche, la patience et la grandeur d'âme dans Baudouin de Constantinople ; mais Godefroi et saint Louis ont, au-dessus de tous ces héros, rassemblé en eux la force morale, la dignité, la simplicité qui caractérisent les grands hommes du christianisme.

Philippe Auguste et ses chevaliers à la bataille de Bouvines.

Pendant cette longue et sanglante bataille qui mit aux prises la France avec le puissant empire romain, l'Angleterre, la Flandre, la Hollande, le Brabant, et qui vit triompher en Philippe Auguste le droit, la justice, la religion, le roi de France paya de sa personne comme un simple chevalier, et le lieu où il se trouvait devint le point culminant du combat. Othon avait poussé contre Philippe des masses énormes d'infanterie tudesque, la meilleure de l'Europe. Les premières lignes de milice française, brisées par ce choc, se redressèrent et soutinrent cette attaque sans désavantage; accablées enfin par le nombre, elles furent obligées de battre en retraite, et s'échappèrent à travers les divisions de la cavalerie féodale. Le roi, se trouvant alors à découvert, fut assailli par les Allemands, que les hommes d'armes ne purent arrêter. Les vingt-quatre chevaliers commis à la garde du monarque opposèrent longtemps une résistance héroïque. Étienne de Longchamps, qui combattait

devant la tête du cheval de Philippe, reçut plusieurs coups d'épée qui, pénétrant par les ouvertures de son casque, lui percèrent le crâne : il
tomba tout armé. Le cercle se rétrécissait insensi-
blement autour de Philippe, et l'acharnement des
assaillants ne pouvait être comparé qu'à la vigueur
de ceux qui défendaient leur roi. Un fantassin du
pays de Brunswick parvient à se glisser entre les
chevaux, frappe le prince de sa demi-lance; l'arme
s'engage entre le collier et la visière du roi ; le
soldat, à force de tirer, désarçonne le monarque
et l'entraîne à terre ; alors une foule d'ennemis se
jettent sur Philippe, qui n'avait pour se garantir
que quelques chevaliers. Le jeune comte de Bar,
Rouvroy, Tristan, Sargine, Gaslande lui firent un
rempart de leurs corps; mais des flots de combattants les écartaient ou les abattaient, Philippe
était foulé aux pieds des chevaux; Galon de Mon-
tigny (homme pauvre, mais riche de prouesses),
resté auprès de lui, d'un bras agitait la bannière
royale pour avertir l'armée du danger que courait
le prince, et de l'autre écartait à coups d'épée ceux
qui osaient s'approcher ; ce vaillant guerrier fut
pendant quelques instants seul pour défendre son
roi et l'étendard de la patrie.

Matthieu de Montmorency vit enfin les mouvements de la bannière royale ; il accourut aussitôt ; sa chevauchée forme une épaisse colonne, prend à revers l'infanterie allemande, la renverse et dégage le roi. Guillaume des Barres, attiré aussi par les appels de la bannière, apparaît en même temps. Les Français reprennent l'offensive ; Philippe remonte à cheval, arrache des mains d'un Allemand son bouclier qu'il lui avait enlevé, et fond comme l'aigle, comme la foudre, sur le corps de bataille de l'empereur Othon. Pierre de Mauvoisin s'élance le premier dans les rangs de l'infanterie allemande. Ce banneret d'une stature très-élevée s'ouvrit un chemin en prenant les lances dans ses mains ; il se jette dans cette voie et entraîne sur ses pas une foule de chevaliers ; ils parviennent au centre de la troisième ligne où se trouvait l'empereur. Dès le premier choc l'empereur est culbuté ; Gérard de Trie veut le percer de sa dague ; le vaillant Guillaume des Barres est sur le point de le saisir et de l'enlever. Mais Othon parvint à se dégager et quitta précipitamment le champ de bataille, laissant à Philippe Auguste une victoire qui assura l'indépendance du royaume, et couvrit de gloire le monarque et la nation entière ; car des hommes de tous les rangs

avaient combattu à Bouvines, depuis le monarque
jusqu'à l'homme des communes, depuis le baron
monté sur son destrier jusqu'au vassal qui servait
dans les gens à pied ; chacun avait payé sa dette
à la patrie, et jamais peut-être victoire ne fut plus
populaire que celle de Bouvines.

Jean de Bohême.

Les guerres contre les Anglais, si funestes à
la France, fournirent cependant de mémorables
exemples d'héroïsme et de dévouement patriotique.
Un prince étranger donna à notre pays, en ce
temps malheureux, des preuves d'une fidélité
chevaleresque au-dessus de tout éloge. Jean, roi de
Bohême, surnommé l'Aveugle, amena du secours
au roi Philippe de Valois, et, quoique frappé de
cécité, il voulut combattre lui-même à la bataille
de Crécy. Il fit attacher son cheval par la bride aux
chevaux de ses deux plus braves chevaliers, et
il s'enfonça fort avant dans la mêlée en combattant
avec une valeur extraordinaire. Cependant il en
sortit sans blessure ; mais on lui dit que son fils
se trouvait encore engagé au fort du combat : aussitôt il voulut retourner, afin de le dégager. La

nouvelle était fausse ; et le roi aveugle , retourné au combat , accablé par le nombre, périt sur ce champ de bataille si funeste à la France. Ce prince, au cœur vaillant et dévoué , avait pour devise ces mots qui peignaient si bien sa vie : *Je sers !*

Duguesclin.

Le génie de la guerre semblait incarné dans Duguesclin ; il avait à la fois la valeur bouillante , la prudence , une gaieté héroïque , et la bonté, l'humanité, sans lesquelles il n'y a pas d'homme parfait ni de héros accompli.

Il débuta dans la guerre de Blois et de Montfort, soutenant avec énergie le droit de Jeanne de Penthièvre et de son vertueux époux. Après la bataille d'Auray, dans laquelle succomba le malheureux Charles de Blois, il consacra son épée au service de la France , qui le récompensa par le rang de connétable , par la confiance du peuple et la tendre amitié de Charles le Sage. A la bataille de Cocherel , il défit le fameux captal de Buch ; il délivra le royaume des *Grandes Compagnies*, et les entraîna en Espagne, où il vengea Blanche de Bourbon en faisant perdre le trône à son meurtrier

Pierre le Cruel ; il sauva la France d'une nouvelle
invasion ; et par les brillants avantages qu'il rem-
porta dans le Poitou et en Guyenne, il fit rentrer
sous les lois de Charles le Sage les provinces dé-
membrées depuis le traité de Bretigny, et dont l'ac-
quisition avait coûté à Edouard III trente ans de
combats signalés par trois victoires mémorables.
Cette France, naguère inondée d'ennemis, menacée
d'une ruine imminente, se relevait plus vigoureuse
qu'auparavant, et humiliait déja sa puissante rivale:
chacun en remerciait l'héroïque épée de Duguesclin.
Les Anglais, dit Mézeray, n'osaient le regarder
qu'à travers les ouvertures de leurs créneaux.

Sa mort couronna dignement sa vie. Il forma,
de concert avec Charles V, le projet de chasser
entièrement les Anglais de la Guyenne, et il se
rendit avec son armée au pied de la forteresse de
Châteauneuf-Randon, que le sire de Roos commandait pour le roi d'Angleterre. Duguesclin, usé
par les travaux de la guerre, était très-malade;
mais son âme intrépide dominait son corps infirme,
et il disait à ses troupes avec la gaieté de ses premières années : « Mes amis, si le soleil pénètre
dans Randon, nous y entrerons aussi. » La forte-
ressse subit plusieurs assauts, et ces fatigues em-

pirèrent l'état de Duguesclin. Les symptômes les plus alarmants se manifestèrent; on ne put cacher plus longtemps au connétable son danger. Il en reçvt la nouvelle avec le plus grand courage : pendant quarante ans il avait affronté la mort dans les combats ; il sut regarder sans effroi l'approche du trépae, et il se prépara en chrétien à ce dernier passage.

Après avoir rempli ses devoirs de religion, il s'entretint avec ses chevaliers, et leur rappela ses maximes favorites : « Souvenez-vous que les gens d'église, les femmes, les enfants, le pauvre peuple ne sont point vos ennemis, et que vous portez vos armes pour les défendre et non pour les opprimer. Je vous l'ai toujours recommandé, je vous le répète encore en vous disant adieu. »

Il s'assoupit un instant, puis demanda son épée de connétable. La vue de cette arme, qu'il avait portée sans reproche, parut ranimer ses esprits : il la prit dans ses mains défaillantes, s'inclina devant la croix qui en formait le pommeau, baisa ce signe révéré, et, faisant découvrir sa tête blanchie par les années et par de glorieux travaux, il remit l'épée à Olivier de Clisson, en lui disant : « Vous direz au roi que je suis bien marri que je ne lui aie fait plus longtemps service. Si Dieu m'en avoit donné le temps, j'avois bon espoir de vuider son royaume de ses ennemis d'Angleterre ; il a de bons serviteurs qui s'emploieront à cet effet, et vous, messire Olivier, tout le premier. Je vous prie de reprendre l'épée qu'il me commit quand il me bailla l'état de connétable. Je lui recommande ma femme et mon frère. Et adieu, je n'en puis plus. »

Ayant prononcé ces mots, Bertrand laissa tomber sa tête sur la poitrine de l'inconsolable Sancerre ; il la souleva pour jeter un dernier regard sur ses compagnons d'armes, et ses yeux se fermèrent à jamais. Il avait soixante ans. (1380, 13 juillet.) Le sire de Roos avait promis de livrer la citadelle à Duguesclin le 13 juillet s'il n'était secouru. Il tint sa promesse. On le vit partir de la place au soleil couchant, suivi de la garnison, pour exécuter une capitulation dont les fastes de la guerre ne fournissaient pas d'exemples. Il descendit l'éminence qui le séparait des lignes du blocus, traversa le camp au milieu d'une haie formée d'archers et de laboureurs accourus pour mêler leurs regrets à ceux de l'armée. Parvenu à la tente du connétable, le gouverneur fut reçu par le maréchal de Sancerre qui se tenait à cheval devant le front des divisions rangées en ordre de bataille ; la bannière de Duguesclin, plantée sur un tertre, était roulée en signe de deuil. A l'aspect du corps de Bertrand, gisant sur un lit de parade, environné de marques distinctives de sa charge, le sire de Roos s'inclina profondément, et déposa les clefs de Châteauneuf sur les pieds du défunt, en disant d'une voix émue : « Messire Duguesclin, c'est à vous que je remets les clefs de la place dont j'étais gouverneur. » Et en même temps il tomba à genoux devant le corps, et tous les assistants l'imitèrent. Dans ce moment, la plaine, les hauteurs voisines, le camp tout entier offrirent le spectacle de personnes de tout âge, de tout rang, de tous pays, prosternées devant les dépouilles mortelles d'un grand homme : les derniers rayons du jour vinrent éclairer cette scène attendrissante.

Arnold de Winkelried.

La Confédération suisse était menacée par la maison d'Autriche, qui brûlait de venger les défaites que lui avaient fait essuyer un peuple de

bergers et de laboureurs. Léopold, duc d'Autriche, s'avança en armes, et le 9 juillet 1386,
les troupes ennemies se rencontrèrent dans une
forêt qui dominait une campagne fertile et les
rives du lac de Sempach.

Léopold s'avançait avec sa brillante cavalerie et
son infanterie composée de mercenaires. Arrivé au
bas des collines, il fit tout à coup mettre pied à
terre à ses cavaliers, soit qu'il crût cette manœuvre
plus favorable, soit qu'il dédaignât de combattre
à cheval de misérables fantassins. Les deux troupes
offraient un parfait contraste : là, un petit nombre
de paysans mal pourvus d'armes offensives ; ici,
des chevaliers tout couverts d'acier et dont les
casques dorés étincelaient aux rayons du soleil.

Les confédérés avaient compté se tenir sur la
défensive ; mais quand ils virent l'ennemi à pied
et immobile dans la plaine, entraînés par leur
ardeur, ils s'élancèrent impétueusement, persua-
dés qu'ils allaient enfoncer du premier choc cette
muraille de fer. Reçus avec une intrépide fermeté,
ils se brisent contre une forêt de lances. Soixante
guerriers de Lucerne perdent la vie. Déjà on
craignait une défaite entière, quand l'héroïsme
d'un homme sauva la liberté de la Suisse.

Arnold de Winkelried, homme du canton d'Unterwalden, s'élance en avant, et s'écrie : « Frères, je vous ouvre un chemin, prenez soin de ma femme et de mes enfants ! » Et il saisit dans ses bras robustes autant de lances qu'il peut en étreindre, les attire à lui, se fait clouer sur place, et, par cette brèche soudaine, il ouvre en effet un passage à ses amis dans le bataillon autrichien. Winkelried tombe percé de mille coups, mais les Suisses remportent la plus éclatante victoire. Léopold et ses chevaliers périssent, et la victoire de Sempach consolide la liberté de la Suisse. On ne connaît de Winkelried que sa mort ; on n'a pas retenu de ce héros d'autres paroles que celles qu'il prononça en se dévouant. Mais une telle mort, mais ces paroles où l'amour de la famille s'unit d'une manière si touchante à l'amour de la patrie, suffisent pour lui assurer la plus glorieuse immortalité.

Bayard.

Pierre de Terrail de Bayard était né en Dauphiné, d'une famille noble, qui l'éleva pour la profession des armes. A l'âge de treize ans, il

devint page du duc de Savoie. Voici comment le
loyal serviteur raconte les adieux de Bayard et de
sa mère :

« La pauvre dame et mère estoit en une tour
du château, qui tendrement ploroit ; car combien
que elle feust joyeuse dont son filz estoit en voie
de parvenir, amour de mère l'admonestoit de lar-
moyer. Elle sortit par le derrière de la tour, et
fist venir son filz vers elle, auquel elle dist ces
paroles : — Pierre, mon amy, vous allez au service d'un gentil prince. D'autant que mère peut
commander à son enfant, je vous commande trois
choses :

» La première c'est que vous craigniez, aimiez
et serviez Dieu sans aucunement l'offenser, car
c'est Celuy qui nous a créés, c'est Luy qui nous
faict vivre, c'est Luy qui nous sauvera, et sans
Luy et sa grâce, ne saurions faire une seullé
bonne œuvre en ce monde. Tous les matins re-
commandez-vous à Luy, et il vous aidera.

» La seconde, c'est que vous soyez doux et
courtois à tous gentilzhommes ; et ostant de vous
tout orgueil, soyez humble et serviable à toutes
gens. Ne soyez mal-disant ni menteur ; maintenez-
vous sobrement quant au boire et au manger.

Fuyez envie, car c'est un vilain vice ; ne soyez
flatteur ni rapporteur, car telles manières de gens
ne viennent volontiers à grande perfection. Soyez
loyal en faicts et dicts, tenez votre parole, soyez
secourables à povres, veufes et orphelins, ce Dieu
vous le guerdonnera.

» La tierce, que vous soyez charitable aux
povres nécessiteux ; car donner pour l'amour de
Dieu n'appovrit oncques hommes. Tenez de moy,
mon enfant, que telle ausmône pourrez faire qui
grandement vous prouffitera au corps et à l'âme.
Je crois que votre père et moi ne vivrons plus
guères. Dieu nous face la grâce à tout le moins,
tant que nous serons en vie, que toujours puissions
avoir bon rapport de vous !

» Alors l'enfant lui répondit : — Madame ma
mère, de votre bon enseignement tant humblement qu'il m'est possible vous remercie, et espère
si bien l'en suivre que, moyennant la grâce de
Celui en la garde duquel vous me mettez, en aurez
contentement. »

. L'enfant si bien élevé par cette mère chrétienne, *digne de vivre dans la mémoire des bons,*
fut fidèle pendant toute sa vie à ces précieux en-
seignements. *Sans peur,* il fut aussi *sans reproche,*

car son humanité, sa douceur égalaient ses vertus guerrières. On le vit, renouvelant les merveilles que l'histoire raconte d'Horatius Coclès, défendre seul un pont contre deux cents chevaliers qui l'attaquaient. A la bataille de Marignan, il fit des prodiges de valeur ; il triompha de ces troupes suisses qui avaient terrassé Charles le Téméraire, et il fit remporter aux Français la première grande victoire depuis les défaites de Crécy de Poitiers et d'Azincourt. Ce fut à l'issue de cette bataille que François Ier lui demanda l'ordre de chevalerie.

Bayard défendit ensuite pendant six semaines Mézières, place mal fortifiée, contre une armée de quarante mille hommes et quatre mille chevaux. Le conseil du roi avait décidé d'incendier cette place, qui ne paraissait pas en état de soutenir un siége ; mais Bayard s'y opposa en disant à François Ier : « Il n'y a pas de place faible là où il y a des gens de cœur pour la défendre. »

La vie de ce grand homme de guerre fut trop courte ; il fut frappé d'un coup mortel à la retraite de Rebec, et aussitôt il commanda qu'on le mît sous un arbre, la face tournée vers l'ennemi, — parce que, dit-il, ne lui ayant jamais montré le dos, il ne voulait pas commencer dans ces derniers moments. Il pria ensuite d'Alègre d'aller dire au roi que le seul regret qu'il avait en quittant la vie était de ne pouvoir le servir plus longtemps. Le malheureux connétable de Bourbon, l'ayant trouvé dans cet état, lui témoigna combien il le plaignait : Bayard lui répondit : « Ce n'est pas moi qu'il faut plaindre, mais vous, monseigneur, qui portez les armes contre votre roi, votre patrie et votre serment ! » Il expira peu de temps après en baisant dévotement la croix de son épée ; il n'était âgé que de quarante-huit ans. Des actes de vertu héroïque ont signalé la noble vie de Bayard. A la prise de Brescia en Italie, son hôte lui fit remettre deux mille pistoles en reconnaissance de ce qu'il l'avait garanti du pillage : le chevalier remit aussitôt cette somme aux jeunes filles de la maison pour leur servir de dot. Dans une autre circonstance, la rare beauté d'une jeune personne fit une profonde impression sur son cœur ; cette jeune fille était pauvre et en son pouvoir. Elle se jeta à ses pieds en fondant en larmes et en disant : « Monseigneur, vous ne déshonorerez pas une malheureuse dont votre vertu devrait vous rendre le protecteur ! » Cet appel à sa générosité toucha le cœur de Bayard : « Levez-vous, ma fille, dit-il,

vous sortirez de cette maison aussi pure et plus
heureuse que vous n'y êtes entrée. » Et il dota
cette jeune fille et la maria à un honnête homme.

La vertu, la franchise de ce héros le rendirent
cher à ses contemporains et respectable à ses ennemis mêmes ; il savait que la valeur sans religion
et sans mœurs n'est qu'une aveugle fureur, et il
honora ses services militaires par une foi profonde
et les sentiments les plus généreux et les plus
élevés. Il mourut pauvre, n'ayant d'autres biens
que sa renommée.

Pierre d'Aubusson et l'Ordre de Malte.

L'empire d'Orient avait cessé d'exister ; Byzance
était la proie des infidèles. Mahomet II , l'un de
ces hommes nés pour le bouleversement, occupait
le trône des Constantins , et son règne n'avait été
qu'une suite brillante de victoires. Le temps a fait
oublier la terreur que le nom redoutable de Mahomet II inspirait à nos ancêtres ; on ignore géné-
ralement aujourd'hui que des fêtes, des coutumes
de l'Eglise n'ont eu d'autre origine que l'effroi
causé par les armes de ce prince. Ainsi, l'*Angelus*
a été institué pour rappeler aux fidèles de prier

pour ceux qui combattaient Mahomet II; la fête
de la Transfiguration a été fondée en 1456, par
le pape Caliste III, en reconnaissance d'une victoire remportée sur cet ennemi redoutable; il a
donné lieu à plusieurs conciles, et au moment où
il mourut, le pape Sixte IV organisait contre lui
une nouvelle croisade. Ce fléau des Chrétiens n'eut
pas de plus constants ennemis que les chevaliers
de l'ordre de Saint-Jean de Rhodes ou de Malte;
il trouva toujours sur ses pas cette généreuse milice, boulevard de la chrétienté; et il eut, ainsi
que ses successeurs, le désir ardent de détruire
l'ordre fidèle et vaillant qui opposait son épée à
toutes ses entreprises, et pour cela, de le chasser
de l'île de Rhodes, où il était établi comme une
sentinelle avancée des nations catholiques.

Le siége de Rhodes fut donc résolu dans les
conseils du sultan, et après des préparatifs formi-
dables, il commença, en l'année 1480, au mois de
mai, sous les ordres de Missah Paléologue, malheureux renégat, qui, issu du sang de Constantin,
avait obtenu, en reniant Jésus-Christ, les faveurs
de Mahomet. L'ordre de Saint-Jean avait alors
pour grand-maître, un Français, Pierre d'Aubusson, en qui semblaient revivre l'ardeur et la piété

des premiers soldats de la Croix. Il opposa aux menaces du sultan une fermeté inébranlable, et il se
prépara à résister jusqu'à la mort. Dès qu'il entendit les canons turcs qui battaient en brèche les
remparts de l'île, il fit déployer le grand étendard
de la Religion, et le montrant aux chevaliers, il
s'écria : « Frères, voici l'insigne sous lequel il faut
vivre et mourir ! » Les chevaliers se défendirent
comme des gens qui n'avaient rien à ménager
et qui songeaient plus à se faire tuer qu'à se
défendre. Le grand-maître faisait tout à la fois
l'office de capitaine et celui de soldat : il se multi-
pliait ; on le voyait partout, exhortant, combattant ;
on le vit sans casque, la cuirasse hérissée de flèches, mais toujours calme, prudent, intrépide. Dans
les rares intervalles de repos, il allait, ainsi que
ses chevaliers, travailler aux fortifications ; car il
avait eu la pensée de construire, derrière les murailles menacées par les Turcs, de nouveaux remparts capables d'arrêter les infidèles s'ils en venaient à tenter un assaut. On travaillait jour
et nuit à ces ouvrages ; le grand-maître donnait
l'exemple, remuant la terre, ou portant des pierres
et de la chaux, pour avancer la besogne par sa
présence. Le siège se poursuivait avec furie. Les

rivages de la mer retentissaient avec un mugis-
sement épouvantable, et le bruit du canon s'entendit à plus de quarante lieues de l'île. La ville
était ruinée, les remparts entr'ouverts ; mais
l'ardeur des chevaliers, excitée par celle du grand
maître, ne se ralentissait pas. On se battait la nuit
comme le jour, à lueur des grenades et des
pots à feu qui volaient continuellement des deux
côtés : l'horreur de ces demi-ténèbres, le bruit
du canon, le cri des combattants, les cymbales
des Asiatiques, les gémissements des blessés, for-
maient un spectable affreux et lugubre. Le grand-
maître était présent à tous les combats ; et après
avoir vaillamment combattu, il allait dans les
hôpitaux consoler et encourager des blessés, et il
faisait rendre aux morts trop nombreux tous les
honneurs qui s'accordaient avec de si pénibles cir-
constances. Cependant l'assaut devenait imminent.
Le vingt-septième jour de juillet, à la pointe du
jour, l'armée ottomane assaillit la ville de Rhodes
de tous côtés ; une multitude innombrable s'élança
vers les brèches des murailles, et les chevaliers qui
gardaient ces brèches succombèrent tous sous le
nombre. Mais leurs frères avertis par le tumulte
accoururent, de part et d'autre on se battit avec

un acharnement mortel. Le grand-maître accourut,
une demi-pique à la main, vers le poste le plus
périlleux ; il se jeta sur les infidèles, en tua quelques-uns, et, entouré de vieux commandeurs
blanchis sous les armes, et des jeunes chevaliers
qui désiraient acquérir de la gloire, il se jetta sur
les Ottomans et les chargea si rudement qu'ils
furent bientôt éclaircis. Il en abattit plusieurs à ses
pieds ; il en précipita quelques-uns du haut des
murailles. Il encourageait ses frères en leur disant :
« Mourons, mes chers frères, plutôt que de reculer;
c'est pour la foi, c'est pour le ciel que nous com-
battons ; notre mort sera glorieuse devant les
hommes et précieuse devant Dieu ! » Son exemple
et ses paroles animaient tellement les chevaliers et
les soldats, qu'ils parvinrent à chasser les Turcs des
remparts dont ils s'étaient déjà rendus maîtres.
Mais quelque effrayés que parussent ces barbares,
Paléologue les fit revenir à la charge. Il recom-
manda surtout à ses officiers de frapper le grand-
maître, qu'on reconnaissait de loin à son armure
et surtout à la vigueur de ses coups. Dix ou douze
janissaires le rencontrèrent dans la mêlée et l'atta-
quèrent avec violence. Sa cuirasse fut faussée, et il
reçut cinq blessures. A la vue de son sang, les

chevaliers irrités s'élancèrent avec un élan devant
lequel tout plia; les Ottomans reculèrent, on les
poussa, et ils furent contraints de prendre la fuite.

Les Rhodiens poursuivirent l'armée turque
jusque dans son camp; et les Turcs se tuaient
l'un l'autre, pour se faire place en fuyant, tant
ils craignaient de tomber entre les mains des
Chrétiens. La frayeur les poursuivit jusqu'à leurs
vaisseaux, où ils se jetèrent précipitamment et
qui prirent aussitôt le large.

Ainsi fut levé le siége de Rhodes, qui faisait
trembler la chrétienté tout entière; ce péril s'éloigna, grâce à la vaillance des chevaliers, à l'intrépidité, à la force morale de Pierre d'Aubusson.

Ce grand homme avait autant de piété et d'humanité que de courage et de prudence. Peu de
temps après la levée du siége de Rhodes, Mahomet II mourut: il ordonna qu'on lui dressât pour
toute épitaphe, ces mots: *Je me proposais de con-
quérir Rhodes et de subjuguer la superbe Italie.*
Deux fils se disputèrent son héritage: Bajazet et
Zizim. Le premier l'emporta; et le second, me-
nacé dans sa liberté et dans sa vie, demanda un
asile au grand-maître de Rhodes. Par un étrange
retour des choses d'ici-bas, ce prince, qui venait

à Rhodes en suppliant, avait été un des plus rudes assaillants au siége, sous les ordres de Missah Paléologue; le grand-maître l'accueillit avec les plus grands égards et la plus généreuse hospitalité, et le fier Zizim fut si touché de ses soins qu il ne lui donnait que le nom de protecteur et de père.

Pierre d'Aubusson prolongea jusqu'à quatre-vingts ans sa noble carrière; il mourut pleuré de ses chevaliers, du peuple de Rhodes, de l'Eglise tout entière. On louait également en lui sa valeur dans les combats, sa sagesse dans les conseils, sa piété dans les actes de religion, sa compassion envers les pauvres, et la douceur et la justice de son gouvernement. La vie de ce grand homme prouve une fois de plus combien l'esprit du chris-tianisme s'allie avec les vertus guerrières.

Le duc de Mercœur.

Philippe de Mercœur descendait de la maison de Lorraine, si féconde en guerriers éminents. Il s'endurcit dès sa première jeunesse aux fatigues des camps et se distingua dans plusieurs occasions. Après les guerres de la Ligue, il ne songea plus qu'à trouver quelque occasion brillante de signaler

son courage : elle se présenta bientôt. L'empereur
Rodolphe II lui fit offrir, en 1601, le commandement de son armée de Hongrie contre les Turcs.
Il partit, et il signala sur les bords du Danube la
valeur française. Avec quinze mille hommes il
attaqua Ibrahim qui en avait soixante mille ; et,
contraint de se retirer, il opéra, sans pouvoir être
arrêté ni entamé, une des plus belles retraites dont
les fastes militaires aient conservé le souvenir.
L'année suivante, revenant à la charge, il battit,
avec treize mille hommes, l'armée ottomane forte
de cent cinquante mille, et reprit sur les Turcs la
ville d'Albe-Royale. Mais lorsqu'il revenait en
France pour se reposer de ses glorieuses fatigues,
il fut attaqué à Nuremberg d'une fièvre maligne
qui le conduisit au tombeau. Ce prince avait honoré la valeur par la piété la plus sincère. Saint
François de Sales, qui prononça son oraison funèbre, insista sur cette foi ardente et pratique qui
s'était alliée chez Mercœur à l'amour de la guerre,
héréditaire dans sa maison. Il parla de la piété de
son héros, qui sanctifiait chaque jour par l'assistance à la messe, par la récitation du chapelet,
l'office de la Vierge, l'examen de conscience
matin et soir ; qui approchait des sacrements à

toutes les fêtes solennelles ; qui aimait tant la sainte
Mère de Dieu, que, dans ses voyages, il visitait et
enrichissait de ses offrandes les églises qui lui
étaient dédiées, et choisissait avec intention le
samedi pour livrer bataille aux infidèles. Puis,
célébrant sa vaillance que relevaient sa douceur, sa
modération, sa bonté, toutes les qualités enfin qui
forment le sage et l'honnête homme, il raconta ses
beaux faits d'armes contre les Turcs ; après quoi le
cœur du prélat, ami de la France, lui inspira ces
belles paroles : « Ah ! que les Français sont braves
quand ils ont Dieu de leur côté ! qu'ils sont vaillants quand ils sont dévots ! Loué soit notre Dieu,
ô belle France, que de votre arsenal soit sortie une
épée si vaillante, que l'empire soit venu quêter un
lieutenant-général à la cour de votre grand roi, à
qui c'est une grande gloire d'être le premier guerrier d'un royaume d'où sortent des princes qui du
reste du monde sont estimés les premiers !... »

Puis, parlant de la belle mort de Mercœur, le
saint s'exprime en ces termes : « Ne sachant où la
mort l'attendoit, il l'attendoit lui-même partout, et
la voyant proche, il s'écria : Loué soit éternellement en la terre comme au ciel mon Dieu et mon
Créateur ! Me voici arrivé, par sa grande miséri-

corde, à la fin de cette vie mortelle ; sa bonté ne veut pas que je reste plus longtemps parmi tant de misères. Je lui avois fait vœu d'aller à la sainte maison de Lorette pour y honorer sa sainte Mère ; mais, puisqu'il lui plaît, je changerai le dessein de ce voyage pour aller honorer au ciel celle que je désirois honorer sur la terre... Quelque temps après ces actes de sublime résignation, on lui apporta le saint Viatique ; il ne l'eut pas plus tôt vu que, tout languissant et faible de corps, mais fort et ferme d'esprit, ayant plus de foi que de vie, il se jeta hors de son lit, et, se prosternant en terre, il adora son Sauveur, plein de larmes, de paroles dévotes et de mouvements religieux ; il lui présente son âme, lui délie son cœur, puis le reçoit avec toute l'humilité et la ferveur que sa grande foi peut lui suggérer en ce dernier passage. »

Jean Sobieski.

Voici de quelle manière un historien contemporain de Jean Sobieski s'exprime en faisant le portrait de cet homme héroïque. « Sobieski est le seul général au monde à qui l'on ne puisse être agréable si on ne l'est à Dieu, le seul qui sache être prodigue

de sa fortune comme de sa vie pour le salut de son
pays, le seul à qui il soit arrivé de paraître à sa
patrie un plus sûr boulevard que des places fortes
et des armées ! »

C'est là le portrait d'un héros, et toute la vie de
Sobieski justifie ces énergiques louanges. Unique
défenseur de la Pologne, on le vit opposer à une
immense invasion de Cosaques et de Tatars, dix
mille hommes mal armés et demi-nus, mais en-
flammés par son esprit ; se retrancher avec eux dans
le camp de Podhaïce, subir et repousser dix-sept
assauts, et sortant enfin de ses retranchements,
attaquer les hordes ennemies et, avec sa petite
poignée d'hommes, vaincre ces tribus barbares qui
laissèrent vingt mille morts sur le terrain. Cette
victoire étonnante fut suivie d'une campagne contre
les Turcs non moins féconde en prodiges. Les
Cosaques et les Tatars s'étaient joints aux Ottomans
pour envahir la Pologne ; l'indigente armée de
Sobieski suffit à défendre la patrie contre les efforts
de deux nations puissantes. L'habile général affai-
blit tour à tour les bandes éparses qui couvraient la
campagne, mit l'épouvante dans leurs rangs par
la promptitude de ses mouvements et la grandeur
de ses coups, les obligea enfin à lâcher prise,

quand déjà elles couvraient les bords de la Vistule et que Varsovie les croyait à ses portes. Dès que Sobieski les vit ébranlées, il rallia ses différents corps, les porta sur le Borystène, battit les Cosaques, les Tatars, garantit les frontières et sauva une seconde fois son pays.

Une nouvelle invasion des Turcs eut lieu pendant que Sobieski gardait le lit, en proie à une grande maladie. A peine convalescent, il saisit les armes, et sans se désespérer, quoique la moitié du royaume fût envahie, il courut chercher les ennemis. Affaibli par les souffrances, il n'hésita pas cependant à franchir le Dniester au milieu des glaçons et à attaquer des troupes six fois plus fortes que les siennes. La victoire couronna son courage; il mit en fuite les Turcs, et leur arracha trente mille captifs polonais, prêtres, femmes, enfants, qu'ils traînaient en esclavage. Ces malheureux entouraient leur libérateur, baisaient ses mains et les bords de son manteau, pendant que le brave Sobieski remerciait à haute voix le Dieu des batailles, qui avait permis que sa vie comptât une pareille journée.

Une autre journée aussi belle couronna cette brillante campagne. A la tête de cinquante mille hommes, il alla chercher les Turcs, retranchés au

nombre de quatre-vingts mille sous la forteresse
de Choczim, et il annonça le projet de prendre
la citadelle et de défaire l'armée. Ses compagnons
d'armes voulurent combattre ce plan, qui, à leurs
yeux, n'était qu'une chimère héroïque : « Fuir
n'est pas possible, » répondit Sobieski. Et il
prouva, en effet, que la victoire lui était plus fa-
cile que la fuite. Il rangea ses troupes en bataille
sous des flots de neige, et il tenta un premier assaut qui porta l'effroi au cœur des infidèles. Le
lendemain, il harangua ses troupes avec la vive
éloquence qui lui était familière, et il termina son
discours par ces mots : « Soldats de la Pologne,
souvenez-vous que vous combattez pour la patrie
et que Jésus-Christ combat pour vous! »

Sobieski avait poussé une reconnaissance le
long des retranchements ennemis; il revint, l'espérance peinte sur ses traits, et il s'écria : « Compagnons, avant une demi-heure, nous serons sous
ces tentes dorées! »

En effet, il pénétra, par un irrésistible élan,
dans le camp turc retranché sous la citadelle, et
il fit flotter sur les hauteurs du camp escaladé
l'étendard de la Croix et l'aigle de la Pologne.
Les Turcs furent consternés; ils voulurent fuir

par l'étroit passage d'un pont qui reliait Choczim avec Karmiéniez. Mais Sobieski avait fait
garder cette issue; les Ottomans cherchent le salut dans les eaux et n'y trouvent que la mort;
quarante mille cadavres jonchent le champ de bataille ou sont engloutis dans les flots glacés du
Dniester, et l'immense armée des infidèles, qui
tenait en alarme la Pologne, la Moscovie, l'Allemagne, fut contrainte de se replier derrière le
Danube. Toute l'Europe catholique rendit grâces
à Dieu, dans les temples, de la plus mémorable
victoire qui eût été remportée sur les infidèles
depuis trois siècles.

A une nouvelle invasion des Ottomans, Sobieski
répondit par une nouvelle série de victoires. Ce
fut aux champs de Léopol et aux cris magnanimes
de *Vive Jésus!* qu'il triompha d'un ennemi qui,
encore une fois, faisait trembler la chrétienté et
qui n'était tenu en échec que par ce soldat cou-
ronné. La délivrance de Vienne mit le comble à
sa gloire. Les Turcs avaient mis le siége devant la
ville impériale; abandonnée par l'empereur et par
la cour, elle était aux abois et n'avait plus d'espérance que dans le secours céleste. Le souverain
pontife avait fait exposer le saint Sacrement dans

toutes les églises du monde catholique, afin de
demander un appui, un vengeur pour la cité des
Habsbourg : le défenseur, le vengeur accourut....
La veille du jour où Vienne devait se rendre aux
Turcs, on vit paraître sur les hauteurs qui envi-
ronnent la ville, les hussards de Pologne, si re-
doutables aux infidèles. Sobieski les conduisait.
Vienne était sauvée.

« *Pas de temps à perdre !* lui écrivit le gouverneur. — *Pas de péril à redouter !* » répliqua le
roi. Le lendemain, on le vit, à la tête de son
armée, descendre des montagnes, écrasant les
Turcs qui essayaient de s'opposer à son passage.
Rassemblée dans la plaine, l'armée polonaise fon-
dit sur les Musulmans, les fit plier et les poussa
jusque dans leur propre camp. Sobieski donnait
le signal, le sabre à la main ; les Turcs le recon-
naissaient et se redisaient son nom avec effroi ; et
aux cris de *Dieu bénisse la Pologne !* il les refoula,
les mit en fuite, et dispersa pour jamais cette formidable armée, sauvant ainsi et l'Empire et l'Europe d'un des plus grands périls qu'ils aient jamais
courus. Avec Jean Sobieski finit la gloire de la
Pologne, car en lui s'étaient incarnées les destinées
de cette nation, qui devait être le boulevard de

l'Europe contre les nations barbares du Midi et du Nord ; après lui il n'y eut que trouble, confusion et tempêtes civiles, sans intérêt et sans grandeur.

Condé.

Nul ne peut mieux parler de l'héroïsme de Condé que le sublime évêque de Meaux. Les grandes âmes se comprennent entre elles.

« Dieu avait donné au prince de Condé cette indomptable valeur pour le salut de la France, durant la minorité d'un roi de quatre ans. A l'âge de vingt-deux ans, Il conçut un dessein où les vieillards expérimentés ne purent atteindre, mais la victoire le justifia devant Rocroi. L'armée ennemie était plus forte, il est vrai ; elle était composée de ces vieilles bandes wallonnes, italiennes et espagnoles, qu'on n'avait pu rompre jusqu'alors. Mais pour combien fallait-il compter le courage qu'inspiraient à nos troupes les besoins pressants de l'Etat, les avantages passés, et un jeune prince du sang qui portait la victoire dans ses yeux ! Don Francisco de Mellos l'attend de pied ferme ; et sans pouvoir reculer, les deux généraux et les deux armées semblent avoir voulu se renfermer dans des bois et dans des marais, pour décider leur querelle, comme deux braves en champ clos. Alors que ne vit-on pas? Le jeune prince parut un autre homme. Touchée d'un si digne objet, sa grande âme se déclara tout entière ; son courage croissait avec les périls, et ses lumières avec son ardeur. A la nuit qu'il fallut passer en présence des ennemis, comme un vaillant capitaine, il reposa le dernier, mais jamais il ne reposa plus paisiblement. A la veille d'un si grand jour, et dès la première bataille, il est tranquille, tant il se trouve dans son naturel ; et on sait que le lendemain, à l'heure marquée, il fallut réveiller d'un profond sommeil cet autre Alexandre. Le voyez-vous comme il vole ou à la victoire ou à la mort? Aussitôt qu'il eut porté de rang en rang l'ardeur dont il était animé, on le vit presque en même temps pousser l'aile droite des ennemis, soutenir la nôtre ébranlée, rallier le Français à demi vaincu, mettre en fuite l'Espagnol victorieux, porter partout la terreur et étonner de ses regards étincelants ceux qui échappaient à ses coups! Restait cette redoutable infanterie de l'armée d'Espagne, dont les gros bataillons serrés, semblables à autant de tours, mais à des tours qui sauraient réparer leurs brèches, demeuraient inébranlables au milieu de tout le reste en déroute, et lançaient des feux de toutes parts. Trois fois le jeune vainqueur s'efforça de rompre ces intrépides combattants; trois fois il fut repoussé par le valeureux comte de Fontaines, qu'on voyait porté dans sa chaise et, malgré ses infirmités, montrer qu'une âme guerrière est maîtresse du corps qu'elle anime. Mais enfin il faut céder. C'est en vain qu'à travers des bois, avec sa cavalerie toute fraîche, Bek précipite sa marche pour tomber sur nos soldats épuisés; le prince l'a prévenu; les bataillons enfoncés demandent quartier. Mais la victoire va devenir plus terrible pour le prince que le combat. Pendant qu'avec un air assuré il s'avance pour recevoir la parole de ses braves gens, ceux-ci, toujours en garde, craignent la surprise de quelque nouvelle attaque; leur effroyable décharge met les nôtres en furie; on ne voit plus que carnage, le sang enivre le soldat, jusqu'à ce que le grand prince qui ne peut voir égorger ces lions comme de timides brebis, calma les courages émus et joignit au plaisir de vaincre celui de pardonner. Quel fut alors l'étonnement de ces vieilles troupes et de leurs braves officiers, lorsqu'ils virent qu'il n'y avait plus de salut pour eux qu'entre les bras du vainqueur? De quels yeux regardèrent-ils le jeune prince , dont la victoire avait relevé la haute contenance , à qui la clémence ajoutait de nouvelles grâces? Qu'il eût encore volontiers sauvé la vie au brave comte de Fontaines ! Mais il se trouva par terre, parmi ces milliers de morts dont l'Espagne sent encore la perte. Elle ne savait pas que le prince qui lui fit perdre tant de vieux régiments à la journée de Rocroy en devait achever les restes dans les plaines de Lens. Ainsi la première victoire fut le gage de beaucoup d'autres. Le prince fléchit le genou, et sur le champ de bataille , il rend au Dieu des armées la gloire qu'il lui envoyait. Là on célébra Rocroy délivré, les menaces d'un redoutable ennemi tournées à sa honte, la régence affermie, la France en repos , et un règne qui devait être si beau commencé par un heureux présage...

» Il se prépare contre le prince quelque chose de plus formidable qu'à Rocroy, et pour éprouver sa vertu, la guerre va épuiser toutes ses inventions et tous ses efforts. Quel objet se présente à mes yeux ? Ce n'est pas seulement des hommes à combattre ; c'est des montagnes inaccessibles ; c'est des ravins et des précipices d'un côté ; c'est de l'autre

un bois impénétrable dont le fond est un marais ;
et derrière des ruisseaux, de prodigieux retranchements ; c'est partout des forts élevés et des
forêts abattues que traversent des chemins affreux ;
et, au dedans, c'est Merci avec ses braves Bava-
rois, enflés de tant de succès et de la prise de
Fribourg ; Merci qu'on ne vit jamais reculer dans
les combats ; Merci que le prince de Condé et
le vigilant Turenne n'ont jamais surpris dans un
mouvement irrégulier, et à qui ils ont rendu ce
grand témoignage, que jamais il n'avait perdu un
seul moment favorable, ni manqué de prévenir
leurs desseins, comme s'il eût assisté à leurs conseils. Ici donc, durant huit jours et à quatre attaques différentes, on vit tout ce qu'on peut soutenir
et entreprendre à la guerre. Nos troupes semblent
rebutées, autant par la résistance de nos ennemis
que par l'effroyable disposition des lieux ; et le prince
se vit quelque temps comme abandonné. Mais, comme un autre Machabée, *son bras ne l'abandonna pas
et son courage, irrité par tant de périls, vint à son
secours.* On ne l'eut pas plus tôt vu pied à terre
forcer le premier ces inaccessibles hauteurs, que
son ardeur entraîna tout après elle. Merci voit sa
perte assurée ; ses meilleurs régiments sont dé-

faits; la nuit sauva les restes de son armée....

» L'Europe, qui admirait la divine ardeur dont le prince vainqueur était animé dans les combats, s'étonna qu'il en fût le maître, et, dès l'âge de vingt-six ans, aussi capable de ménager ses troupes que de les pousser dans les hasards, et de céder à la fortune que de la faire servir à ses desseins. Nous le vîmes partout ailleurs comme un de ces hommes extraordinaires qui forcent tous les obstacles. La promptitude de son action ne donnait pas le loisir de la traverser. C'est là le caractère des conquérants. Lorsque David, un si grand guerrier, déplora la mort de deux fameux capitaines qu'on venait de perdre, il leur donna cet éloge : *Plus vite que les aigles, plus courageux que les lions.* C'est l'image de Condé. Il paraît en ce moment comme un éclair dans les pays les plus éloignés; on le voit en même temps à toutes les attaques et à tous les quartiers. Lorsque, occupé d'un côté, il envoie reconnaître l'autre, le diligent officier qui porte ses ordres s'étonne d'être prévenu, et trouve déjà tout ranimé par la présence du prince. Il semble qu'il se multiplie dans une action; ni le fer ni le feu ne l'arrêtent. Il n'a pas besoin d'armer cette tête qu'il expose à tant de périls :

Dieu lui est une armure plus assurée. Les coups
semblent perdre de leur force en l'approchant, et
laisser seulement sur lui des marques de son courage et la protection du Ciel...

» Mais si jamais il parut un homme extraor-
daire, s'il parut être éclairé et voir tranquillement toutes choses, c'est dans ces rapides moments
d'où dépendent les victoires, et dans l'ardeur du
combat. Partout ailleurs il délibère ; docile, il
prête l'oreille à tous les conseils. Ici tout se présente à la fois ; la multitude des objets ne le con-
fond pas ; à l'instant le parti est pris ; il commande
et il agit tout ensemble, et tout marche en con-
cours et en sûreté... Dans le feu, dans le choc,
dans l'ébranlement, on voit naître tout à coup, je
ne sais quoi de si net, de si posé, de si vif, de si
ardent, de si doux, de si agréable pour les siens,
de si hautain, de si menaçant pour les ennemis,
qu'on ne sait d'où peut lui venir ce mélange de
qualités si contraires... Ceux qui combattaient auprès de lui nous ont dit souvent, que si l'on avait à
traiter quelque grande affaire avec ce prince, on eût
pu choisir de ces moments où tout était en feu autour de lui ; tant son esprit s'élevait alors, tant son
âme leur paraissait comme éclairée d'en haut en ces

terribles rencontres. Semblable à ces hautes montagnes dont la cime, au-dessus des nues et des tempêtes, trouve la sérénité dans son hauteur et ne perd aucun rayon de la lumière qui l'environne. »

Tel était le grand Condé, soldat impétueux, général savant et sage. Mais Bossuet, qui le peint si bien, ne pouvait manquer d'ajouter à ce portrait le dernier coup de pinceau, en peignant les sentiments chrétiens qui honorèrent les derniers jours de ce héros : « L'heure de Dieu est venue, heure attendue, heure désirée, heure de miséricorde et de grâce. Sans être averti par la maladie, sans être pressé par le temps, il exécute ce qu'il méditait. Un sage religieux, qu'il appelle exprès, règle les affaires de sa conscience : il obéit, humble chrétien, à sa décision; et nul n'a jamais douté de sa bonne foi. Dès lors aussi, on le vit toujours sérieusement occupé du soin de se vaincre soi-même, de rendre vaines toutes les attaques de ses insupportables douleurs, d'en faire, par sa soumission, un continuel sacrifice. Dieu, qu'il invoquait avec foi, lui donna le goût de son Ecriture, et dans ce livre divin, la solide nourriture de la piété. Ses conseils se réglaient plus que jamais sur la justice ; on y soulageait la veuve et l'orphelin, et le pauvre en approchait avec confiance... Toute sa maison profitait de son exemple. Plusieurs de ses domestiques avaient été malheureusement nourris dans l'erreur : combien de fois l'a-t-on vu inquiété de leur salut, affligé de leur résistance, consolé par leur conversion ! Avec quelle incomparable netteté leur faisait-il voir l'antiquité et la vérité de la religion catholique ! Ce n'était plus cet ardent vainqueur qui semblait vouloir tout emporter : c'était une douceur, une patience, une charité qui songeait à gagner les cœurs et à guérir des esprits malades...

» Pendant qu'il passait sa vie dans ces occupations, et qu'il portait au-dessus de ses actions les plus renommées la gloire d'une si belle et si pieuse retraite, il s'affaiblissait, ce grand prince ; mais la mort cachait ses approches. Lorsqu'on le crut en meilleur état, tout change en un moment, et on lui déclare sa mort prochaine... Sans être étonné de la dernière sentence qu'on lui prononce, le prince demeure un instant dans le silence, et tout à coup, « O mon Dieu ! dit-il, vous le voulez ! votre volonté soit faite ! je me jette entre vos bras, donnez-moi la grâce de bien mourir !... » Dès lors aussi, tel qu'on l'avait vu dans tous ses combats, résolu, paisible, occupé sans inquiétude de ce qu'il

fallait faire pour les soutenir, tel fut-il à ce dernier choc ; et la mort ne lui parut pas plus
affreuse, pâle et languissante, que lorsqu'elle se
présente au milieu du feu, sous l'éclat de la
victoire, qu'elle montre seule.....

» Sa confession fut humble, pleine de componc-
tion et de confiance ; il ne lui fallut pas longtemps
pour la préparer ; la meilleure préparation pour
celle des derniers moments, c'est de ne les attendre
pas. A la vue du saint Viatique qu'il avait tant désiré, voyez comme il s'arrête sur ce doux objet !...
Le prince se ressouvint de toutes les fautes qu'il
avait commises, et, trop faible pour expliquer
avec force ce qu'il en sentait, il emprunta la voix
de son confesseur pour en demander pardon au
monde, à ses domestiques et à ses amis... Les
autres devoirs de la religion furent accomplis avec
la même piété et la même présence d'esprit. Avec
quelle foi et combien de fois pria-t-il le Sauveur
des âmes, en baisant sa croix, que son sang ré-
pandu pour lui ne le fût pas inutilement !... Que
dirai-je des saintes prières des agonisants, où,
dans les efforts que fait l'Eglise, on entend ses
vœux les plus empressés et comme les derniers cris
pour où cette sainte mère achève de nous enfanter à

la vie céleste ! Il se les fit répéter trois fois, et il y trouva toujours de nouvelles consolations. En remerciant ses médecins : « Voilà, dit-il maintenant mes vrais médecins. » Il montrait les ecclésiastiques dont il écoutait les avis, dont il continuait les prières, les psaumes toujours à la bouche, la confiance toujours dans le cœur. S'il se plaignait, c'était seulement d'avoir si peu à souffrir pour expier ses péchés ; sensible jusqu'à la fin à la tendresse des siens, il ne s'y laissa jamais vaincre, et au contraire il craignait toujours de trop donner à la nature. Tout retentissait de cris, tout fondait en larmes : le prince seul n'était pas ému, et le trouble n'arrivait pas dans l'asile où il s'était mis...

» Averti par son confesseur que si notre cœur n'était pas entièrement selon Dieu, il fallait, en s'adressant à Dieu même, obtenir qu'il nous fît un cœur comme il le voulait, et dire avec David ces tendres paroles : « O Dieu ! créez en moi un cœur pur ! » A ces mots, le prince s'arrête comme occupé de quelque grande pensée ; puis, appelant le saint religieux qui lui avait inspiré ce beau sentiment, « Je n'ai jamais douté, dit-il, des mystères de la religion, quoiqu'on en ai dit : j'en doute moins que jamais. Que ces vérités, continuait-il avec une

douceur ravissante , se démêlent et s'éclaircissent
dans mon esprit ! Oui , dit-il , nous verrons Dieu
comme il est , face à face. » Il répétait en latin ,
avec un goût merveilleux, ces grands mots : *Sicuti
est, facie ad faciem*, et on ne se lassait point de le
voir dans ce doux transport. Que se faisait-il dans
cette âme ? Quelle nouvelle lumière lui apparais-
sait ? Quel soudain rayon perçait la nue, et faisait
comme évanouir en ce moment, avec toutes les
ignorances des sens, les ténèbres mêmes, si je l'ose
dire, et les saintes obscurités de la foi ?... »

C'est dans ces admirables sentiments que mourut
le grand Condé. On ne peut rien ajouter à ces pages
admirables, qui peignent à la fois le héros et le chrétien, dignes tous deux d'une éternelle mémoire.

Turenne.

Avec moins de fougue et d'éclat, Turenne égala
Condé. Il commanda près de quarante ans et n'es-
suya qu'une seule défaite. Presque toujours il battit
l'ennemi avec des forces inférieures, et trois fois il
procura la paix à la France. Sa mort fut un deuil
public , qu'une plume célèbre a immortalisé.

« M. de Turenne voulait se confesser, et devait

communier le lendemain dimanche, qui était le
jour qu'il croyait donner la bataille. Il monta à
cheval le samedi à deux heures, après avoir mangé ;
et comme il avait bien des gens avec lui, il les
laissa tous à trente pas de la hauteur où il voulait
aller, et dit au petit d'Elbœuf : « Mon neveu, de-
meurez là, vous ne faites que tourner autour de
moi, vous me ferez reconnaître. M. d'Hamilton,
qui le trouva près de l'endroit où il allait, lui dit :
« Monsieur, venez par ici ; on tire du côté où vous
allez. — Monsieur, lui dit-il, vous avez raison,
je ne veux pas du tout être tué aujourd'hui. » Il
eut à peine tourné son cheval, qu'il aperçut Saint-
Hilaire, le chapeau à la main, qui lui dit : « Monsieur, jetez les yeux sur cette batterie que je viens
de faire placer là. » M. de Turenne revient, et dans
l'instant, sans être arrêté, il eut le bras et le corps
fracassés du même coup qui emporta le bras et la
main qui tenaient le chapeau de Saint-Hilaire. Ce
gentilhomme, qui le regardait toujours, ne le voit
point tomber. Le cheval l'emporte où il avait laissé
le petit d'Elbœuf ; il n'était pas encore tombé, mais
il était penché le nez sur l'arçon. Dans ce moment
le cheval s'arrête ; le héros tombe entre les bras de
ses gens ; il ouvre deux fois de grands yeux et la

bouche, et demeure tranquille pour jamais. Songez qu'il était mort et qu'il avait une partie du
cœur emportée. On crie, on pleure. Le fils de Saint-
Hilaire se jette à son père blessé. — Taisez-vous,
mon enfant, dit saint-Hilaire. Voyez (en lui montrant M. de Turenne raide mort), voilà ce qu'il
faut pleurer éternellement, voilà ce qui est irré-
parable. » On dit que les soldats faisaient des cris
qui s'entendaient de deux lieues ; nulle consolation
ne pouvait les retenir ; ils criaient qu'on les menât
au combat, qu'ils voulaient venger la mort de leur
père, de leur général, de leur protecteur, de leur
défenseur ; qu'avec lui ils ne craignaient rien, mais
qu'ils vengeraient bien sa mort ; qu'on les laissât
faire et qu'on les menât au combat[1]... »

L'adversaire de Turenne lui-même sut lui rendre
un noble et chevaleresque hommage. Le comte du
Montecuculli, en apprenant sa mort, parut sensible
à la douleur, et s'écria : « Il est mort un homme
qui faisait honneur à l'homme ! »

Turenne, savant général, intrépide soldat qui
savait payer de sa personne, détestait les duels et
les duellistes. « J'ai remarqué plusieurs fois, écrivait-il, la triste contenance d'un homicide devant

---

[1] Lettres de Madame de Sévigné.

l'ennemi ; il nous tuerait tous, si nous le laissions faire, et ne tuerait pas un seul ennemi du roi. » Dans sa jeunesse, étant appelé en duel par un autre officier, il lui répondit noblement : « Je ne sais pas me battre en dépit des lois, mais je saurais aussi bien que vous affronter le danger quand le devoir me le permettra. Il y a un coup de main à faire très-utile et très-honorable pour nous, mais très-périlleux ; allons demander à notre général la permission de le tenter, et nous verrons qui de nous deux s'en tirera avec le plus d'honneur. »

Celui qui avait proposé le duel trouva le projet si dangereux, qu'il refusa de soumettre sa valeur à une pareille épreuve. Tel est le genre de courage de la plupart des duellistes.

FAITS DIVERS

———

Au siége de Valenciennes, sous le règne de Louis XIV, il y avait dans un régiment un tout jeune homme, timide et pieux, qui venait en qualité de cadet apprendre à faire la guerre. Il se nommait de Brienne. Au moment où ce jeune homme saisissait une palissade de la main gauche, un soldat des gardes anglaises lui fracasse le poignet d'un coup de sabre. De Brienne saisit la palissade de la main droite. On lui coupe cette main. Il saisit alors la palissade avec les dents, cherchant à l'enlever ; on lui frappe la tête à coups de sabre; il résiste; l'ennemi lui fait sauter la tête d'un coup de pistolet, et le jeune homme tombe pour ne plus se relever.

——

Antoine de Lapeyrouse, capitaine au régiment de Bourgogne, se trouvait à l'avant-garde au combat de Mouron, sous Louis XIV. Il y eut dans cette troupe quelque hésitation, et le capitaine vit que le moment était décisif. Le capitaine Lapeyrouse se précipite vers l'ennemi, et crie à sa compagnie : « Bourgogne, en avant, et que notre mort assure la victoire ! »

Il tomba percé de mille coups. Pour le venger, Bourgogne fit des prodiges, et l'ennemi fut vaincu.

—

A la journée de Rocoux, le maréchal de Saxe, voyant un grenadier grièvement blessé sur le champ de bataille, dit à ses officiers : « Qu'on sauve ce brave homme. — Monsieur le maréchal, songez à gagner la bataille, s'écria le soldat, et ne vous occupez pas de moi. — Quel est ton nom ? demanda le maréchal, — Ici je me nomme *Grenadier*, répondit le soldat. — Ton régiment ? — Le régiment de Cambis. »

Ce soldat, qui n'avait pas même voulu dire son nom, survécut à ses blessures. Rentré dans ses foyers, il conserva le nom de *Grenadier*, qu'une honnête famille a dignement porté depuis.

Après la bataille de la Marsaille, que Catinat avait gagnée sur le duc de Savoie, un vieux sergent vint se jeter à ses genoux : « Pardon, général, pardon pour le plus brave des soldats, qui a enlevé un drapeau, fait plusieurs prisonniers, et qu'on veut arrêter comme déserteur ! — Qu'il vienne et compte sur ma justice, » répondit Catinat. Rassuré par ces paroles, le soldat que l'on poursuivait se présenta et dit : « Fils d'un officier tué à la bataille de Lens, je me suis engagé pour faire subsister ma mère. On m'a écrit qu'elle allait mourir ; j'ai vainement demandé un congé ; l'amour filial l'a emporté sur l'obéissance militaire ; je suis allé embrasser et secourir ma mère. Dès qu'elle a été hors de danger, je suis revenu pour effacer ma faute par quelque belle action, et j'ai enlevé un drapeau à l'ennemi. Je ne demande pas grâce pour moi, mais des secours du roi pour ma pauvre mère. — Jeune homme, lui dit Catinat, vous êtes un brave soldat, et vos sentiments sont ceux d'un officier : vous le serez ; le roi accordera une pension à votre mère, et je récompenserai le sergent qui m'a fait savoir la vérité. »

En 1734, au siége de Philippsbourg, un jeune sous-lieutenant, à peine âgé de quinze ans, avait été recommandé par son père à un vieux soldat nommé Tellac, né à Cahors. Le sous-lieutenant, à l'attaque d'un fossé, ne put, à cause de sa petite taille, marcher dans l'eau comme sa compagnie. Les grenadiers le portèrent joyeusement de main en main. Le feu devenant terrible, le vieux soldat, protecteur de l'enfant, dit à un de ses camarades : « Mets-le sur mon dos ; il va y avoir des coups de fusil à recevoir, c'est à moi à les lui épargner. » En effet, il eut deux balles dans la poitrine et une dans l'épaule.

———

Le chevalier d'Assas servait dans le régiment d'Auvergne. Campé le 16 octobre 1760, à Closter-camp, près de Gueldre, il commandait une avant-garde. Etant allé, au point du jour, reconnaître les postes, il tombe entre les mains d'une colonne ennemie qui l'entoure et le menace de la mort s'il dit un seul mot. Il y allait du salut de l'armée. D'Assas, recueillant ses forces, s'écrie : « A moi, Auvergne, voilà l'ennemi ! » Il tombe à l'instant percé de coups ; mais son cri d'alarme sauva les Français.

A la bataille de Wissembourg, le marquis de Saint-Mexan, âgé de treize ans, portait l'un des drapeaux du régiment de *Cambrésis*. On passe une rivière profonde et rapide ; les grenadiers ont de l'eau jusqu'à la poitrine. Saint-Mexant, délicat et petit, se trouve presque englouti. Touché de ses pénibles efforts, le capitaine des grenadiers lui dit : « Donnez-moi votre drapeau qui vous embarrasse au milieu du courant et dans cette grêle de coups de fusil. — Non, répliqua le généreux enfant, personne au monde qui prenne mon drapeau tant que je vivrai. » Et il pressa sur sa poitrine le drapeau de Cambrésis pendant que deux grenadiers le soutenaient. Quand, frappé d'une balle, l'un des grenadiers tombait, un autre venait soutenir l'enfant, dont les pieds ne touchaient plus la terre, mais qui s'était enveloppé des larges plis du drapeau comme d'un linceul.

Après la bataille, le colonel embrasse l'enfant devant le front du régiment, et lui dit : « Monsieur le marquis, vous avait fait votre devoir. Cambrésis a dignement paru devant l'ennemi, et la maison de Saint-Mexant sera fière de s'associer à la gloire du régiment de Cambrésis. »

A la bataille de Parme, gagnée par le maréchal de Coigny, le régiment de Picardie, voulant soutenir son nom de premier régiment de France, réclama l'honneur d'être placé en tête de l'attaque : il fit merveille. Lorsqu'enfin le voyant épuisé, le maréchal voulut le faire relever, les soldats répondirent qu'on ne relevait jamais Picardie. Le régiment se battit pendant dix heures sans s'arrêter, et de trois forts bataillons, il ne resta pas trois cents hommes.

—

A la bataille d'Austerlitz, le sergent-major Bailly, du 55° de ligne, vit une file de son peloton enlevée par un boulet. « Sentez les coudes à droite, » dit-il tranquillement. Une minute après, une nouvelle file est encore enlevée. « Sentez les coudes à droite, » dit Bailly. Deux soldats seulement appuient au 2° et 3° rangs ; celui du 3° rang regarde les six corps de ses camarades et semble hésiter. Le sergent-major Bailly va, sans dire un mot, se placer au premier rang de cette file. Un troisième boulet arrive, qui emporte la jambe de Bailly et tue les deux hommes dont il était le chef de file. Etendu sur les huit corps, le sergent-major refuse de se laisser emporter ; il se redresse péni-

blement en disant avec fermeté : « C'est ici ma
place, je resterai jusqu'à la fin ; passez-moi un
mouchoir, afin que j'arrête le sang. » En effet,
il enveloppe lui-même sa cuisse et meurt.

———

En février 1793, le général qui commandait
les Français jugea que la défense de Valdegeshein,
village du Palatinat, importait au salut de l'armée.
il fallait arrêter l'ennemi en se faisant tuer.

Un jeune caporal du 1er bataillon de la Corrèze
se présente avec cinquante-trois hommes de bonne
volonté. Ce caporal se nommait Delmas de la Corte.
Il part, combat, arrête l'ennemi ; mais lorsqu'on
vint relever ces braves volontaires, quarante-neuf
sur cinquante-trois avaient été tués. Le caporal
rentra au camp avec les quatre survivants. Le
bataillon de la Corrèze présenta les armes à ses cinq
camarades, et le général écrivit sur un carré de
papier : « Le caporal Delmas a bien mérité de la
patrie. »

———

Au mois d'avril 1809, à l'attaque de Ratisbonne,
après un combat opiniâtre, le maréchal Lannes
s'était enfin rendu maître de la ville, lorsqu'un

officier d'état-major, quoique blessé mortellement, arrive de toute la vitesse de son cheval jusque sur le monticule où Napoléon, blessé lui-même au talon, se trouvait environné de ses officiers. Le messager met pied à terre, et, se soutenant à peine, s'approche, pâle, chancelant, l'habit couvert de sang et de poussière. « Sire, s'écrie-t-il d'une voix pleine d'exaltation, Ratisbonne est à nous ! voyez flotter nos drapeaux sur les murailles de la ville ! Sire, voyez nos aigles ! — Monsieur, vous êtes blessé? interrompt l'empereur. — Non, Sire, je suis tué ! » répond l'héroïque soldat ; et en prononçant ces derniers mots, il tombe mort.

Le général Drouot.

C'est au milieu des immenses armées de l'empire, et comme perdu dans leur multitude où l'on fut longtemps sans le voir, qu'il faut chercher un des modèles les plus accomplis de la vertu militaire. La vie de Drouot, ce vétéran qui s'est éteint, il y a quelques années à peine, dans une sorte d'obscurité, ressemble et montre avec une haute perfection tous les traits d'un idéal à la fois intrépide et saint. Le courage, la constance, l'humanité, le patriotisme, l'oubli de soi-même se révèlent dans le beau caractère de cet homme, qui, comme Turenne, fait honneur à l'homme.

Drouot était le fils d'un pauvre boulanger de Nancy, déjà père d'une nombreuse famille. « L'enfant, dit un de ses biographes fut tout naturellement formé pour la guerre ; car le père en fit un travailleur, un homme prêt à la peine, aux privations, à l'obéissance, tandis que la mère lui donnait une âme aimante, un cœur généreux, une intelligence droite , par l'enseignement religieux, source et principe de toutes les sciences vraies. » Dévoré de l'ardeur d'apprendre, il lisait la nuit, à la lueur du four qu'il avait allumé. Son père et sa mère lui disaient : « Nous travaillerons un peu plus afin que tu puisses t'instruire. » Et lui, de son côté, cette bonté l'animait d'un tel courage, qu'il devint bientôt le meilleur élève du collége de Nancy. A dix-sept ans il songea à entrer dans les ordres sacrés, où le poussait un double amour, l'amour de Dieu et l'amour de l'étude. La révolution éclata et lui ferma la porte du sanctuaire. Elle ne lui ferma pas la voie du sacrifice. Il avait désiré être chartreux : il se fit soldat et le devint par une victoire.

Dans l'été de 1793, une nombreuse jeunesse accourait à l'école d'artillerie de Chalons-sur-Marne, où Laplace faisait l'examen public des aspirants au grade d'élève sous-lieutenant. On voit entrer un petit paysan, l'air ingénu, chaussé de gros souliers, un bâton à la main : c'était Drouot. L'examinateur croit qu'il se trompe de salle, et l'avertit; le jeune homme répond qu'il vient comme les autres pour être examiné. Chacun admire son audace et s'attend à un divertissement. Laplace l'interroge, le presse, pousse l'examen au-delà des limites assignées, va jusqu'à l'entrée du calcul infinitésimal; il reçoit des réponses toujours nettes, précises, intelligentes; et enfin, charmé, il embrasse le candidat et lui annonce qu'il sera le premier de la promotion. Bientôt après, Drouot, lieutenant au 1er régiment d'artillerie, était à Hondscoote, enlevait une batterie et recevait publiquement les éloges du général en chef Moreau. Il devint promptement capitaine, et prit sa part aux victoires de l'armée de Sambre-et-Meuse.

« La guerre, disait le marquis de Feuquières, est un métier pour les ignorants; c'est un art pour ceux qui en étudient les principes. » Sages paroles

que les officiers du régiment de Berry faisaient
écrire au frontispice de tous leurs livres de biblio-
thèque. Drouot connaissait cet axiome. Toujours
employé, parce qu'il était propre à tout, il ne
négligeait jamais l'étude, et on ne pouvait lui
donner d'emploi où il ne se distinguât. Après la
paix de Lunéville, il vint à Paris suivre les cours
de Vauquelin. A quelque temps de là il était
modeste capitaine d'habillement à la Fère, et se
montrait aussi bon administrateur qu'on l'avait vu
brave soldat et savant mathématicien. Chargé de
l'instruction du régiment, il trouva encore du
temps pour composer de beaux travaux sur la
métallurgie. Ainsi cet esprit actif et puissant
s'étendait à tout, car il ne négligeait ni la littérature ni l'histoire. Il n'y avait qu'une chose qui lui
parût indigne de ses efforts et même de ses pensées :
son propre intérêt.

Il était capitaine depuis dix ans, il avait fait dix
campagnes de guerre, sa réputation de brave égalait sa réputation de savant, lorsqu'il fut nommé
chef de bataillon, et enfin, en 1808, lieutenant-
colonel. Chose étrange ! Napoléon, malgré tant
de mérite, n'avait pas encore paru le remarquer.
Mais à Wagram, au plus fort de l'action, Napo-

léon, qu'inquiète un mouvement de l'ennemi,
s'écrie : « Drouot! où est Drouot? » Drouot accourt
avec cent pièces d'artillerie et tombe bientôt blessé,
mais il reste à son poste, et la victoire y vient.
L'empereur le fit colonel sur le champ de bataille.

Pour exprimer de quelle manière Drouot com-
prit et remplit ses devoirs dans le grade de colonel,
son biographe, le colonel Ambert, trouve un de
ces mots heureux que l'on aime à répéter : « Il
n'oublia pas, dit-il, *qu'il avait charge d'âmes.* »
Le bon Drouot se plaisait dans cette situation de
chef de corps, ou, pour mieux exprimer les sentiments qu'il y éprouvait, de père de famille. Il
n'en changea qu'à regret et sans l'avoir demandé.
« Je ne désirais pas aller au-delà, écrivait-il lorsqu'il fut nommé général de brigade; je suis affligé
de mon changement d'état. — Cependant, ajoute le
colonel Ambert, plusieurs s'étaient élevés autour
de lui; ses compagnons de l'heure du départ pré-
sidaient au sort des batailles, et les destinées des
peuples reposaient sur leurs têtes. Mais lui restait
colonel et ne s'en étonnait pas. Fils d'une mère
chrétienne, Drouot savait que si Dieu avait sur lui
quelques desseins pour la gloire de sa patrie ou le
salut du souverain, sa tâche serait marquée du doigt

de Dieu , et sa destinée tracée. « Je faisais tout
afin de mériter, laissant le reste à la volonté de
Dieu. »

L'heure vint trop tôt pour ses désirs ! Le régiment de Drouot faisait partie de l'expédition de
Russie, et lors de la retraite, on vit le mérite des
chefs dans tout le corps. Les soldats de Drouot,
mieux vêtus que les autres, mieux soignés, doués
d'un moral supérieur, supportaient plus énergi-
quement les fatigues. Le colonel faisait le rapport
chaque matin comme à la garnison; le soir il arrê-
tait les états de situation. Tous les jours, quel que
fût le froid, il se rasait publiquement, non par
coquetterie, mais pour soutenir le moral de la
troupe par une action si simple et si vulgaire. Lorsque le régiment voyait le colonel aussi ferme, aussi
résistant, aussi simplement inaccessible aux choses
extérieures, lisant, écrivant, soignant sa toilette,
chaque soldat se redressait par une sorte d'instinct
imitatif, et le colonel sauvait ainsi l'honneur et la
vie de son régiment. Combien de fois ne le vit-on
pas combattre un fusil à la main! cependant il
avait toujours son épée au côté et n'abandonna
jamais sa tenue : aussi fut-il toujours obéi, toujours
respecté ! L'empereur, témoin de ces choses, dit

un jour au milieu des neiges : *Drouot est le sage de la grande armée.*

Un soir pendant cette fatale retraite, les troupes qui entouraient l'empereur Napoléon avaient, après des efforts inouïes, gagné un pauvre village deux fois incendié. Quelques pans de murs indiquaient çà et là les maisons. Chacun s'y mit à l'abri sous des toits de neige. La nature physique était vaincue, et ces hommes, naguère si forts, tombaient épuisés, demandant à la mort le terme de tant de misères. Vers minuit, tout semblait dormir dans le sombre bivouac. L'empereur seul ne dormait pas. Il sortit de la masure qui l'abritait, fit quelques pas dans la neige, et s'arrêta, immobile, à regarder une lumière qui tremblottait à l'entrée du village. Il s'approcha de la cabane en ruines, d'où sortait cette clarté, et s'approchant de l'unique fenêtre qui ne défendait ni du froid ni de la bise, l'empereur vit un homme qui écrivait. Pour résister au froid mortel, cet homme s'était enveloppé de couvertures en lambeaux.

Après avoir longtemps considéré l'homme absorbé par le travail, Napoléon s'éloigna.

Bientôt un officier de la maison de l'empereur entra dans la cabane et troubla le travail héroïque

Vertus militaires. 7

du soldat. Napoléon avait voulu savoir quel était l'homme assez fort de corps, assez puissant d'intelligence, assez ferme de caractère, assez courageux, en un mot, pour manier la plume quand les plus braves pouvaient à peine manier l'épée.

Au retour, l'officier répondit : « Sire, c'est le général Drouot qui travaille. »

Drouot avait ramené en Pologne tous ses canons. L'empereur le fit général de brigade et l'attacha à sa personne en qualité d'aide-de-camp. Bientôt la France fut étonnée d'apprendre, au milieu des campagnes de 1813 et de 1814, qu'elle possédait depuis longtemps le premier officier d'artillerie de l'Europe. Elle sut que le coup décisif des batailles de Lutzen, de Bautzen, de Wachau, avait été porté par ces immenses batteries de cent et de cent cinquante bouches à feu, que le général Drouot rassemblait et conduisait avec une dextérité fabuleuse, et qui suppléaient, par leur activité soudaine, à l'infériorité numérique de nos armées. Elle admira un mérite si lent à se produire; elle examina l'a-propos touchant; elle considéra Drouot comme le dernier rejeton de cette généreuse lignée qui avait commencé à Jemmapes et qui devait finir à Waterloo.

Aux affaires de Lutzen, de Kaya, de Dresde, de
Wachau, dans les défilés de Hanau, aux journées
de la Rothière, de Champaubert, de Morman, de
Vauxclairs, de Craone, Drouot étonna l'empereur
lui-même. Aussi cet homme modeste, qui était
resté si longtemps dans les grades inférieurs, devint la même année général de brigade, général
de division, comte de l'empire et grand officier de
la Légion d'honneur. L'empereur lui avait dit :
« Vous serez mon ministre de la guerre. » L'opinion publique le nommait déjà maréchal de France.
Plus soigneux de sa gloire, Dieu lui réservait l'éclat
de l'adversité.

L'empire tomba, et le vide se fit autour de l'empereur. Mais Drouot était un de ces hommes dont
le cœur s'élève lorsqu'ils voient baisser la fortune.
Il écrivit à un ami : « J'accompagne Sa Majesté à
l'île d'Elbe, et je ne quitte point dans l'adversité le
souverain que j'ai aimé et servi dans la prospérité.
Je renonce à ma famille, à ma patrie, à mes affec-
tions les plus chères. Le sacrifice eût été mille fois
plus grand de renoncer à la reconnaissance. »

A l'île d'Elbe, Napoléon demanda un jour à
Drouot quelle était sa fortune. Il répondit qu'il
avait deux mille quatre cents francs de rente.

« C'est trop peu, reprit Napoléon. Il ne faut pas
qu'après moi mes amis se trouvent dans le besoin
quand ils ont négligé leurs intérêts pour les miens
et ceux du pays. Je vais vous donner deux cent
mille francs. — Non, Sire, s'écria le général. On
dirait que l'empereur Napoléon, dans l'adversité,
a été obligé d'acheter des amis, et l'on dirait de
moi que j'ai accompagné Votre Majesté pour de
l'argent. »

Il avait poussé le dévouement jusqu'au sacrifice
de sa liberté ; il le poussa jusqu'au sacrifice de
son opinion et jusqu'au péril de ses jours. Lorsque
Napoléon quitta l'île d'Elbe, Drouot désapprou-
vait cette entreprise. Mais, dit-il plus tard devant le conseil de guerre où il avait à se défendre
pour ce fait contre une accusation capitale, « abandonner le souverain à qui j'avais promis fidélité, me paraissait lâche. Pendant les jours qui ont
précédé l'embarquement, j'ai été combattu, d'un
côté, par le désir de m'éloigner ; de l'autre, par la
honte d'abandonner dans un moment de danger le chef dont j'avais jusque-là partagé le
sort. J'ai pris le parti que me dictaient l'honneur
et la fidélité. »

Il était major-général de la garde impériale à

Waterloo. Ce jour-là, il monta seize chevaux sans
ressentir la moindre fatigue. La force morale com-
muniquait à son corps faible et presque débile une
indomptable énergie. Il répondait à tous, donnait
ses ordres, observait ses positions, écrivait, se
précipitait en avant au milieu des boulets, revenait près de l'empereur, lui adressait quelques
paroles, et repartait au galop pour s'enfoncer
dans des nuages de fumée.

Drouot, cet homme si doux, à l'esprit stu-
dieux, à l'âme méditative, aux mœurs paisibles,
devint tout à coup le plus terrible des combattants.
« Ah! disait-il depuis, jamais ils n'auraient appro-
ché de notre empereur; je serais mort mille fois
avant que la main de l'étranger se fût posée sur la
bride de son cheval. »

Après ce cruel jour de Waterloo, une douleur
nouvelle vint se joindre à celle dont les malheurs
de la patrie accablaient le noble cœur du soldat.
Il fut traduit devant un tribunal militaire, et accusé
de haute trahison. Drouot subit l'accusation, l'em-
prisonnement, le procès, comme il avait subi les
autres vicissitudes de la guerre, qui se continuait
ainsi. Acquitté à la majorité de trois voix contre
quatre, il fut réveillé par son défenseur, qui vint

lui en donner la nouvelle. Il dormait pendant que
l'on délibérait sur sa vie, et il continua son
somme tranquillement comme il l'avait commencé.
Mais la douleur qui ne s'assoupissait pas dans ce
cœur généreux, c'était de n'avoir pu partager le
nouvel exil de Napoléon : « Je ne désire qu'une
chose, avait-il dit un jour à l'empereur, c'est de
me retirer dans ma ville natal et d'habiter la
paroisse où j'ai été baptisé. » Il ne formait plus ce
modeste vœu ; ses désirs le tournaient vers l'aride
rocher de Sainte-Hélène. Après avoir vu sans
jalousie passer devant lui ses anciens compagnons
d'armes, pour la première fois il connaissait l'envie :
il enviait le sort de ceux qui avaient pu suivre
l'empereur dans cet exil profond, dans cette prison qui ne laissait aucun espoir de retour.

Drouot se remit à l'étude, en nourrissant toujours cette pensée : rejoindre l'empereur. Il refusa
les offres et les faveurs du gouvernement des Bour-
bons qui l'appréciait, afin de conserver son indépendance. Louis XVIII ordonna cependant de li-
quider sa pension et de lui en payer l'arriéré, qui
formait une somme de soixante mille francs. Drouot
répondit par un refus formel mais respectueux.
« Vraiment, s'écria le roi, je ne trouverais pas le

pareil dans mon royaume ! » Drouot écrivait depuis : « Je n'ai point accepté la demi-solde ni le
traitement de disponibilité qui me furent offerts
sous la Restauration. Mon refus me fut dicté par la
crainte de me voir rappeler à l'activité et de me
trouver dans la nécessité de rentrer dans les emplois
et les honneurs lorsque mon bienfaiteur gémissait
prisonnier sur un rocher de l'Atlantique. »

Lui aussi, ce bienfaiteur, ce grand captif, dé-
sirait la présence de l'homme de bien qui lui gardait un souvenir si fidèle. En 1820, Napoléon
demanda que Drouot lui fût accordé. Le gouvernement répondit qu'il ne s'y opposait pas. Toutefois
les passeports n'arrivèrent à Nancy qu'en 1821.
Drouot, au comble de ses vœux, fit activement ses
préparatifs de départ. Une nouvelle terrible le
surprit au moment où il allait partir : l'empereur
était mort ! Drouot fut écrasé : « L'empereur est
mort, disait-il, et je ne l'ai pas revu ! » Il sortit
de la ville, erra quatre heures dans les bois, et
la nuit venue, il entra dans une église, où il resta
priant Dieu pour l'empereur. Quoiqu'il ait encore
vécu longtemps, on peut dire que c'est là qu'il
termina sa vie active. Dès ce moment Drouot ne
vécut plus que pour la prière et la charité. Mais

dans cette retraite auguste, dans ce permanent triomphe de la foi, de l'humilité, de la patience et de la charité sur les vains désirs du monde, quel exemple ! que de batailles livrées et gagnées contre toutes les forces ennemies de la vérité religieuse et morale ! et qu'il servait encore noblement ses concitoyens, ce vétéran glorieux qui leur donait un tel exemple !

Drouot avait constamment refusé de reparaître dans la vie politique. En 1830 cependant, des troubles ayant éclaté à Nancy, il se fit transporter malade à l'hôtel de ville : sa présence rétablit l'ordre ; dans ces mauvais jours, il accepta le commandement des troisième et cinquième divisions militaires, et se rendit à Metz. Dès qu'il ne se trouva plus nécessaire, il revint à Nancy, où il fut nommé commandant de l'artillerie de la garde nationale. « Dieu seul, dit M. Ambert, sait les services que rendit en cette circonstance à la religion et à la patrie le nom vénéré de Drouot. »

En 1833, une épreuve cruelle vint le frapper : par suite d'une ancienne blessure, il perdit la vue ; et comme s'il fallait pour la splendeur de cette vertu qu'aucune douleur physique ne lui fût épargnée, bientôt le pauvre aveugle, atteint de paralysie, put à peine se mouvoir. Il ne faiblit pas et ne se plaignit pas, et il continua à s'occuper de Dieu, des pauvres et de la France. Ce fut alors qu'il composa son beau mémoire sur les fortifications de Paris. Il dictait aussi quelques lettres, rares et graves de toute la sérénité de son âme. « Arrivé près du terme de ma carrière, disait-il dans une de ses lettres citée par M. Ambert, j'attends en paix qu'il plaise au Seigneur de me rappeler à lui, et de m'admettre, comme je l'espère, dans le séjour où seront récompensés ceux qui ont bien aimé et servi leur patrie. » En écoutant ces paroles, on se rappelle la promesse de l'Écriture sainte : *Heureux celui qui attend en silence le salut de Dieu.*

Les revenus du général Drouot, avec sa retraite et son traitement de la Légion d'honneur, se montaient à onze mille quatre cent soixante-quinze francs. Il avait ainsi réglé ses dépenses : neuf mille soixante-quinze francs pour les pauvres, et deux mille quatre cents francs pour lui ; mais souvent il prenait sur ce faible reste pour donner aux malheureux. Il disait en souriant, que lorsqu'il ne lui resterait rien, il emprunterait aux pauvres un des lits qu'il avait fondés dans les hôpitaux. Depuis qu'il faisait partie de la Légion d'honneur, il en

distribuait la pension aux soldats légionnaires les
plus pauvres, leur laissant croire que cette grâce
venait du gouvernement. Napoléon, par son testament, lui avait légué cent mille francs. Il n'en
toucha que soixante mille, qui furent donnés
jusqu'au dernier sol aux vieux soldats de l'Empire. Ses charités étaient pleines de sagesse et de
prévoyance. Il fonda des demi-bourses à l'école
primaire de Nancy, des rentes pour les filles
pauvres, des lits de vieillards à l'hospice Saint-
Julien, des lits d'orphelins à l'hospice Saint-Sta-
nilas, des lits d'incurables, etc., etc. Enfin, il
donna jusqu'aux broderies d'or de son grand uni-
forme. Son frère lui disait : « Laissez à vos neveux
ce noble souvenir. « Il répondit : « Ces broderies
leur feraient peut-être oublier qu'ils sont les petits-
fils d'un boulanger. »

Les souffrances de Drouot augmentaient. Pour
les supporter, il lui fallait la résignation du chrétien et le courage du soldat. Enfin, il sentit qu'elles
allaient finir : « J'attends tous les jours la mort,
disait-il ; et puisque telle est la volonté de Dieu,
je m'en réjouis, car je vais aller retrouver mon
père, ma mère et mon empereur. » Ce furent
presque ces dernières paroles. Il mourut, résumant

en lui les plus nobles vertus : la foi, le désintéressement, l'intrépidité.

Napoléon disait de Drouot, dans ses entretiens
à Sainte-Hélène : « Drouot est un homme qui
vivrait aussi satisfait en ce qui le concerne person-
nellement avec quarante sous par jour qu'avec les
revenus d'un souverain ; plein de charité et de
religion ; sa morale, sa probité, sa simplicité lui
eussent fait honneur dans les plus beaux jours de
la république romaine. »

Le lien si fort qui unissait Napoléon à Drouot
s'était formé peut-être un jour dans une circonstance qui révélait les sentiments secrets des
cœurs.

L'empereur, alors au faîte de sa gloire, était
entouré de ses maréchaux ; un d'eux osa lui demander : « Sire, dites-nous quel a été le plus beau
jour de votre vie ? »

Tous s'attendaient à le voir hésiter entre un jour
de bataille, et nommer enfin Austerlitz, Wagram
ou Marengo. Napoléon parut attendri, et d'une
voix grave il répondit : « Le plus beau jour de
ma vie, c'est le jour de ma première communion ! »

Tous les généraux se taisaient, étonnés ; un seul

avait les larmes aux yeux. L'empereur alla vers
lui, lui serra la main : « Je vous remercie, dit-il,
vous êtes le seul qui m'ayez compris. » Ce général, ce chrétien, était Drouot.

FOI ET PIÉTÉ

Godefroy de Bouillon.

La premiére pensée du héros de la croisade, en entrant dans Jérusalem reconquise, fut celle du tombeau sacré qu'il était venu délivrer ; il quitta ses compagnons, dépouilla son armure, et, tête nue, pieds nus, il se rendit dans l'église du Saint-Sépulcre. Bientôt la nouvelle de cet acte de dévotion se répand dans l'armée chrétienne ; aussitôt toutes les vengeances, toutes les fureurs s'apaisent ; les croisés se dépouillent de leurs habits sanglants, font retentir Jérusalem de leurs gémissements, de leurs sanglots, et, conduits par le clergé, marchent ensemble, les pieds nus, la tête découverte, vers l'église de la Résurrection.

Lorsque l'armée chrétienne fut ainsi réunie sur le Calvaire, la nuit commençait à tomber, le silence régnait sur les places publiques et autour des rem-

parts ; on n'entendait plus dans la ville sainte que
les cantiques de la pénitence, et ces paroles d'Isaïe :
*Vous qui aimez Jérusalem , réjouissez-vous avec
elle !* Les croisés montrèrent alors une dévotion si
vive et si tendre, qu'on eût dit, selon la remarque
d'un historien moderne, que ces hommes, qui
venaient de prendre une ville d'assaut, sortaient
d'une longue retraite et d'une profonde méditation
de nos mystères. Leurs transports redoublèrent
lorsqu'on exposa à leurs regards la vraie Croix,
enlevée par Chosroës, et rapportée à Jérusalem
par Héraclius. Son aspect excita les plus vifs transports parmi les soldats-pèlerins. *De cette chose,* dit
une vieille chronique, *furent les chrétiens si joyeux
comme s'ils eussent vu le corps de Jésus-Christ
pendu dessus icelle.* Elle fut promenée en triomphe
dans les rues de Jérusalem , et replacée ensuite
dans l'église de la Résurrection.

La piété de Godefroy, humble et ardente tout à
la fois, soutint l'épreuve des grandeurs humaines.
Il fut élu par ses compagnons roi de Jérusalem ;
il refusa le diadème et les marques de la royauté,
en disant qu'il ne porterait jamais une couronne
d'or dans la ville où le Sauveur du monde avait
porté une couronne d'épines. Il se contenta du

titre modeste de baron et de défenseur du Saint-
Sépulcre.

Le maréchal de Boucicaut.

Boucicaut, si grand par sa valeur et son dévouement à l'Etat, sut donner dans une époque
de décadence, aux jours néfastes de Charles VI,
l'exemple de toutes les vertus civiles et chrétiennes.
Il se distingua dès sa première jeunesse, à la bataille de Roosbecke ; il suivit Jean sans Peur à la
guerre de Hongrie, et fut fait prisonnier à la bataille de Nicopolis ; trois fois il alla en Prusse au
secours des chevaliers teutoniques qui combattaient
contre les païens de Lithuanie. Il délivra la ville
de Gênes des maux de l'anarchie, et la gouverna
pendant dix ans avec une sagesse admirable ; son
pays réclama à son tour ses services et ne les réclama pas en vain ; les Anglais le trouvèrent au
premier rang, et apprirent à craindre également
sa prudence et son courage. Mais ce qui frappe
surtout dans le caractère de Boucicaut, ce sont ses
sentiments chrétiens, son amour pour Dieu et pour
la sainte Eglise, et la perfection de ses vertus.
Voici comment s'exprime son vieil historien :

« ..... Quand de son mouvement il se met à
parler, toujours est son devis de Dieu ou des saints,
de vertu ou de bien que aucun a fait, de vaillance
et de chevalerie, de bon exemple, et de toutes telles
choses. Ni jamais, soit en privé ou en public,
on n'ouït saillir de sa bouche parole vaine et
messéante, ni jamais ne dit mal d'autrui, ni n'en
veut ouïr... davantage, nulle fois ne ment, et ce
qu'il promet, il le tient.... il hait les mensonges
et flatteurs à merveille, et d'avec soi les chasse.
Il a telle dévotion à faire bien aux pauvres, et telle
pitié il a d'eux, qu'il fait enquérir diligemment
où il y ait pauvres ménages, ou veuves, ou
orphelins, et là, secrètement, très-largement, il
envoie de ses biens.

« Volontiers il donne à pauvres prêtres, à
pauvres religieux, et à tous ceux qui sont au service de Dieu. Enfin, il est secourable et très-grand
aumônier partout où il peut savoir qu'il y ait pitié,
et par espécial des bons ; car il aime chèrement
tous ceux qu'il peut savoir qu'ils sont de bonne
vie et qui aiment et servent Notre-Seigneur ; car,
comme le dit le commun proverbe, chacun aime
son semblable.

» Avec ce que le maréchal est très-charitable,

il aime Dieu et le redoute surtout, et est très-
dévot, car chaque jour, sans nul faillir, il dit ses
heures et maintes oraisons et suffrages des saints.
Et quelque besoin ou hâte qu'il ait, il entend
chaque jour deux messes très-dévotement et les
genoux en terre. Et à bref dire, tant donne bon
exemple de dévotion à ceux qui le voient, que
grands et petits s'y mirent.

» Il a le jour du vendredi en grande révérence.
Il n'y mange chose qui prenne mort, ni revêt autre
couleur que noire, en l'honneur de la passion de
Notre-Seigneur. Il jeûne de droite coutume et tous
les jeûnes commandés par l'Eglise, et pour rien
nul n'en briserait. De plus, jamais ne jure Notre-
Seigneur, ni la mort, ni la chair, ni le sang, ni
autre détestable serment, ni ne le souffrirait à jurer
à nul de son hôtel.

» Outre cela, il va volontiers en pèlerinage en
lieux saints, tout à pieds, en grande dévotion, et
prend grand plaisir à visiter les bons prudes hommes qui servent Dieu, et quand il voyage aucune
part en armes, il fait défendre expressément, sous
peine de la hart, que nul ne soit si hardi de
grèver église, ni monastère, ni prêtres, ni religieux,
même en terre d'ennemis. »

C'est ainsi qu'on parlait du maréchal de Boucicaut de son vivant même. Ce grand homme, vrai
modèle du juste dans la profession des armes,
n'eut pas la consolation de mourir sur le champ
de bataille. Il fut fait prisonnier à la bataille d'Azincourt, livrée malgré ses conseils, et mourut captif
en Angleterre, honoré de ses vainqueurs comme il
l'avait été de ses soldats et de ses concitoyens.

Rodolphe de Habsbourg.

Rodolphe de Habsbourg, si célèbre par ses
guerres presque toujours heureuses, par sa grandeur d'âme et son génie, qualités qui le firent
élever sur le trône impérial, avait ressenti dès sa
jeunesse les mouvements d'une tendre et solide
piété. Il révérait surtout le Sacrement adorable de
nos autels, ce gage inestimable de l'amour d'un
Dieu envers les hommes. Or, dans sa jeunesse,
alors qu'il n'était que simple chevalier, se trouvant un jour à la chasse, il entendit dans la forêt
le son d'une clochette, et il vit s'avancer sous les
arbres un prêtre qui portait le saint Viatique à un
mourant. Un ruisseau grossi par les pluies barrait

le passage; et le prêtre, pressé par le désir de consoler et de fortifier la dernière heure du pauvre agonisant, se disposait à quitter sa chaussure et à passer le gué à pied, lorsque Rodolphe, descendant de cheval, vint lui offrir sa monture, le conjurant de l'accepter. Le prêtre se mit en selle; Rodolphe conduisit, tête nue, le cheval par la bride jusqu'à la demeure du paysan mourant. Le lendemain, le prêtre lui ramena son cheval, mais Rodolphe répondit : « A Dieu ne plaise que je remonte sur un cheval qui a eu l'honneur de porter le Roi des rois! je le consacre à Dieu et à son Eglise! »

On dit qu'une religieuse, que Rodolphe allait visiter quelquefois, fut instruite par révélation de cet acte de respect et de foi, et que, lorsqu'elle revit le jeune chevalier, elle lui prédit sa future grandeur, et l'assura que Dieu, en récompense de sa vénération pour le Sacrement des autels, assurerait le sceptre à sa race. Prédiction qui s'est glorieusement accomplie, car Rodolphe de Habsbourg fut élu empereur d'Allemagne, l'an 1273.

Charles - Quint.

Ce puissant empereur, arrière-petit-fils de
Rodolphe de Habsbourg, avait hérité de sa piété
ainsi que de ses états. Il entendait plusieurs messes
par jour, il communiait aux principales fêtes de
l'année. Plus d'une heure chaque jour était con-
sacrée à la méditation religieuse. La lecture du
l'Ancien et du Nouveau Testament avait un grand
attrait pour lui : la poésie des Psaumes frappait
son imagination et remuait son âme. La magnifi-
cence des cérémonies catholiques, la grandeur touchante du sacrifice de la messe, la puissance misé-
ricordieuse de l'Eglise secourant par l'absolution,
rassurant par la pénitence la faiblesse de l'homme
et l'anxiété du chrétien, toutes les beautés, toutes
les grandeurs, toutes les suavités de la religion
fortifiaient sa foi. Dans ses grandes afflictions, à
la veille ou le lendemain de ses plus importantes
entreprises, il se rendait au pieds des autels pour
y puiser des consolations et des forces. Après son
élection à Francfort, au moment où, en 1520, il
allait s'embarquer à la Carogne pour les Pays-Bas

et l'Allemagne, il avait pieusement visité l'église de saint Jacques de Compostelle, l'apôtre de la Péninsule, dont le glorieux patronage avait encouragé durant huit siècles les vieux chrétiens espagnols dans la revendication armée de leur pays et dont le nom leur avait servi de cri de guerre contre les musulmans. Avant de partir pour l'Italie, en 1529, afin d'y prendre la couronne de fer des Lombards et la couronne d'or de l'Empire, il avait passé plusieurs jours dans le couvent de Santa-Engracia à Saragosse. Lorsqu'il était prêt à monter sur la flotte pour l'expédition de Tunis, en 1535, il avait fait un pèlerinage à la célèbre abbaye de Monserrat ; et neuf fois dans sa vie, en traversant le comté de Barcelone, il était allé se prosterner devant la Vierge de ce sanctuaire vénéré, à l'image de laquelle il devait conserver jusqu'à son dernier soupir une si tendre dévotion.

Rien ne peint mieux sa piété et sa confiance en Dieu que ce qui se passa dans sa désastreuse expédition d'Alger. Cette guerre, qui devait le rendre maître de ce point important de l'Afrique septentrionale, avait été entreprise avec trop de hâte, à cause d'une autre guerre imminente du côté de la France. Charles-Quint était arrivé dans le golfe

d'Alger la dernière semaine d'octobre, au moment
même des tempêtes de l'équinoxe. Elles se déchaî-
nèrent en effet sur la Méditerrannée, le surlende-
main de sa descente de terre, avant qu'il eût tiré
de sa flotte et la grosse artillerie pour foudroyer la
ville en face de laquelle il s'était déjà campé, et
les vivres pour nourrir ses soldats. La violence des
vents brisa les ancres de la plupart des vaisseaux,
qui se brisèrent les uns contre les autres ou furent
jetés à la côte. En même temps une pluie serrée et
froide inondait son camp. Dans cette terrible ex-
trémité, exposé à périr sur ce rivage faute de pouvoir ou y vivre ou en partir, Charles-Quint, couvert d'un long manteau blanc, se promenait au
milieu de ses officiers; et, s'adressant à Dieu,
maître des éléments, il ne faisait entendre que ces
religieuses paroles : *Fiat voluntas tua! fiat voluntas tua!* Tout à coup, vers onze heures et demie
du soir, au plus fort de l'ouragan, il appela des
pilotes expérimentés, et leur demanda combien de
temps les navires et la flotte peuvaient résister encore aux coups de la tempête : « Deux heures, »
répondirent-ils. Se souvenant alors des chants et
des prières qui commençaient à minuit dans tous
les couvents de son royame, et croyant que cette

supplication des âmes pures ét pénitentes monterait vers le Ciel et lui concilierait l'assistance divine, il dit aux siens, le visage ranimé par l'espérance : « Rassurez-vous ; dans une demi-heure tous les religieux et toutes les religieuses d'Espagne se lèveront et prieront pour nous ! » Et, chrétien confiant, capitaine résolu, il opéra habilement sa retraite vers le cap Matifou, où s'étaient réfugiés les débris de sa flotte, et d'où il ramena son armée en Europe.

Non-seulement il avait foi en la prière des autres, mais encore il priait beaucoup lui-même. La nuit qu précéda la bataille d'Ingolstadt, il avait passé plusieurs heures en prières devant la Croix. Ce fut pour ainsi dire de son prie-Dieu qu'il s'élança avec une valeureuse impétuosité à la défense de son camp, attaqué par l'armée luthérienne, beaucoup plus forte que la sienne. Il parcourait à cheval le front des troupes au milieu des décharges de l'artillerie ennemie, lorsque le vieux Granvelle, effrayé de son péril, lui fit dire de la part de son confesseur de ne pas s'exposer ainsi. Avec une intrépidité résolue et une foi confiante, il répondit : « Qu'on n'avait pas encore vu un roi ou un empereur mourir d'un coup de canon, et que si le sort avait

décidé de commencer par lui, il valait mieux qu'il
mourût ainsi que de vivre de l'autre manière. »

Don Juan d'Autriche.

La chrétienté, enchaînée par les guerres de re-
liigon et par les querelles intestines, oubliait les
périls dont l'islamisme la menaçait, et cependant
chaque jour ces périls devenaient plus redoutables.
Les belles îles de la Méditerranée avaient subi le
joug des Turs ; le sultan Selim et ses visirs s'ap-
plaudissaient en voyant l'inertie de l'Occident, et se
proposaient de porter plus loin leurs conquêtes,
qnand le saint pontife Pie V jeta un cri d'alarme
qui fut entendu par toutes les nations catholiques.
Le duc de Savoie, la république de Venise, l'ordre
de Malte, le Saint-Siége et l'Espagne armèrent une
flotte dont le commandement fut confié à don Juan
d'Autriche frère de Philippe II. Ce défenseur de
la cause de Dieu montra, dès le début de la campagne, la plus sincère et la plus vive piété. Avant
de partir, il alla demander les prières d'une pieuse
solitaire, alors célèbre en Espagne, Catherine de
Cardonne ; il reçut à genoux la bénédiction et la
promesse de la victoire qu'elle lui annonçait au

nom de Dieu. Il fit arborer à bord de sa galère
l'étendard de la Croix, donné par le souverain-
pontife, et lorsqu'il fut à la hauteur de Lépante,
lorsqu'il vit devant lui la flotte ottomane, tous les
équipages, prosternés, invoquèrent le Dieu qui
dispense la victoire. Ce Dieu puissant répondit à
l'appel des défenseurs de la chrétienté, et la victoire de Lépante détruisit l'influence des Turcs
dans la Méditerranée. Don Juan envoya à Rome
les étendards qu'il avait conquis sur Hali-Pacha ;
suspendus près des autels, ils rappellent la protection divine, l'intercession de Marie, et la piété
du général à qui les catholiques avaient remis leurs
destinées.

Bragadino.

Depuis que Mahomet II s'était emparé de Constantinople, la république de Venise avait dû céder
plusieurs de ses possessions dans les mers de la
Grèce, mais les deux plus importantes, à savoir
Chypre et Candie, lui étaient restées. Les Turcs
convoitaient surtout la possession de Chypre, et
Sélim II désira illustrer son règne par cette conquête. Aussi donna-t-il à sa marine militaire un

développement formidable, et quand ses préparatifs furent achevés, il envoya sommer les Vénitiens d'évacuer l'île de Chypre, s'ils ne voulaient avoir à soutenir une guerre d'extermination qui s'étendrait à toutes leurs provinces.

Venise refusa fièrement. Elle avait pour gouverneur à Chypre un noble vénitien, nommé Marc-Antoine Bragadino, brave soldat, chrétien austère. Dès qu'il apprit les préparatifs des Turcs contre l'île de Chypre, il fit dresser un autel sur la place de Famagouste, et invita les habitants à se joindre à la garnison pour assister à la célébration du saint sacrifice. L'attente d'un immense danger ajoutait à la solennité de la cérémonie et au recueillement des fidèles. Au moment de la communion, les guerriers, précédés de leur chef et revêtus, comme lui, de leur armure, s'avancèrent humblement pour recevoir le Pain des forts ; et Bragadino, prenant la parole, jura de souffrir toutes les extrémités et la mort même pour défendre sa religion et sa patrie, et pour sauver le peuple généreux qui l'écoutait et qu'il prenait à témoin de son serment. « Je le jure ! s'écria-t-il avec un accent qui fit tressaillir tous les cœurs, je le jure par la très-sainte Trinité, par les quatre Evangélistes, par

cette sainte croix du Christ que vous voyez sur ma
bannière, et par la sainte Eucharistie que nous
venons de recevoir ; je le jure au nom de mes frères
d'armes, de ceux que vous voyez devant vous ;
jurez aussi avec nous , braves habitants de Sala-
mine, de verser votre sang, s'il le faut, je ne dis
pas seulement pour Dieu et pour la patrie, mais
pour vos pères, vos femmes et vos enfants me-
nacés par un ennemi qui en veut à votre honneur,
à vos biens et à votre foi ! »

Bragadino fut héroïquement fidèle à ce serment.
Les Turcs abordèrent et mirent le siége devant
Famagouste ; cette ville malheureuse ne fut pas
secourue, et subit pendant près d'une année les
horreurs d'un siége , les attaques continuelles ,
l'incendie , la mine , la faim , la soif , et l'attente
d'une ruine complète. Bragadino seul releva le courage de ses concitoyens. Il ne pouvait se décider à
capituler. Quand il vit que tout était perdu, il con-
voqua encore une fois les habitants et les faibles
restes de la garnison au pied des autels ; il communia en viatique, et il supplia ceux qui l'écou-
taient de lui accorder un dernier délai de quinze
jours avant de rendre la ville. Il l'obtint, mais le
secours qu'il espérait encore n'arriva point. Les

tours de la ville étaient démolies, les murs ruinés,
les fossés comblés par les cadavres et les décombres ; il ne restait ni vivres ni munitions; les soldats, affaiblis par la faim et les blessures, ressemblaient à des spectres ; toute défense était impossible, il fallut capituler. Un ennemi sans pitié
pénétra dans cette malheureuse ville, que sa résistance aurait dû rendre respectable. Bragadino fut
fait prisonnier, et livré par le vainqueur aux plus
indignes traitements. On le fit assister, mutilé et
sanglant, au massacre de ses frères d'armes, et
quand on crut lui avoir donné un avant-goût de la
mort, on le jeta la face contre terre, on le foula
aux pieds, et le féroce Mustapha, lui crachant au
visage, lui dit : « Maintenant, où est ton Christ ?
et que ne vient-il te délivrer de mes mains ? »
Bragadino souffrit avec une patience héroïque et
sans répliquer un seul mot. On le jeta dans une
prison infecte, on l'y laissa languir pendant vingt
jours, et puis, quoiqu'il eût à peine assez de force
pour se tenir debout, on le promena par la ville,
au milieu des huées des infidèles, qui le frappaient,
le roulaient par terre et lui adressaient des paroles
outrageantes. Arrivé dans le port, il fut hissé au
sommet d'une vergue, et on lui demanda, en le

raillant, s'il n'apercevait pas la flotte chrétienne
dans le lointain. On le redescendit : il chancelait :
« Vous pouvez, dit-il, déchirer et démembrer mon
corps, mais vous ne pouvez rien sur mon âme ! »

La fin de son supplice approchait. On le mena
sur la place de Famagouste, on l'attacha à un po-
teau et on commença à l'écorcher vif. « Fais-toi
turc, lui criait Mustapha, et tu auras la vie sauve. »
Mais lui, sans rien répondre à ces paroles, tenait
les yeux fixés au ciel, et supportait, avec une force
d'âme inaltérable, ses terribles douleurs. Il récitait
le *Miserere*... On entendit sa voix plus haute dire
les saintes paroles du Calvaire : « Pardonnez-leur,
Seigneur, car ils ne savent ce qu'ils font ! » Et
l'âme héroïque du soldat martyr s'envola au ciel.

Jean Sobieski.

La foi de Sobieski, roi de Pologne, n'était pas
moins admirable que son courage ; et dans tout le
cours de sa vie, on trouve en lui le soldat de Dieu,
armé pour la plus sainte des causes, et rapportant
à son Maître toute la gloire de ses armes. On le vit,
le matin du jour où son épée triomphante délivra
Vienne des Ottomans, entendre la sainte messe, le

front contre terre, les bras en croix. Il communia, et voulut avant de monter à cheval, recevoir, ainsi que ses troupes, la bénédiction d'un prêtre. Quand il chargea les Turcs, on l'entendait répéter d'une voix éclatante ces belles paroles du psaume : *Non nobis, Domine, non nobis, sed nomini tuo da gloriam !* Il rentra dans Vienne délivrée en gardant l'attitude la plus modeste ; les acclamations d'un peuple énivré de joie retentissaient en vain à son oreille, elles ne parvenaient pas à enorgueillir son âme ; il s'entourait de ses officiers, il les appelait ses compagnons, ses frères d'armes ; il semblait les indiquer à la reconnaissance populaire. Pendant qu'on chantait le *Te Deum* en action de grâces, il resta prosterné le front contre terre, et parmi toutes les dépouilles que l'on trouva dans le camp du grand-visir, il n'y en eut pas de plus précieuse à ses yeux qu'un vieux tableau représentant la sainte Vierge avec cette inscription prophétique : *In hâc imagine Mariæ vinces, Johannes ! In hâc imagine Mariæ victor eris, Johannes !* Quand il assistait aux processions du saint Sacrement, il faisait étendre sur le pavé, sous les pieds du prêtre, les drapeaux qu'il avait conquis sur les infidèles.

La mort de Sobieski répondit à sa vie. Il n'eut

pas le bonheur de mourir sur un champ de bataille ;
il succomba lentement à la fatigue et aux chagrins
qui avaient causé de mortels ravages dans son orga-
nisation robuste. Au bord du tombeau, il se plaisait
à parler d'une autre vie « pleine de mystères
redoutables, et pourtant riche d'espérances, jamais
trop chèrement payée par nos misères et nos travaux de chaque jour. » Il reçut avec foi et devo-
tion les sacrements de l'Eglise, et il mourut tranquille, au milieu de son peuple qui le pleurait.

Tilly.

Jean T'Serclaes, comte de Tilly, que sa bravoure et ses talents militaires rendirent si célèbre
pendant la guerre de Trente ans, avait des qualités morales qui rehaussaient encore ses vertus
guerrières. Il portait dans les camps la piété d'un
religieux, et de cette piété profonde naissait chez
lui la charité, la compassion pour les faibles et les
vaincus, qui le distingua de tous les autres généraux pendant une guerre aussi sanglante qu'elle
fut longue. Protestants et catholiques rendirent
également hommage à l'humanité de Tilly et à la
protection généreuse que les vaincus rencontraient

toujours auprès de lui. Il aimait tendrement les compagnons de ses travaux militaires ; et lorsqu'on le pressait de se marier, il montrait ses soldats en disant : « N'ai-je donc pas assez d'enfants ? » Ce grand général conserva, parmi la licence des camps, une chasteté parfaite ; il ne but jamais de vin, et prouva, par un nouvel exemple, que la valeur et le courage s'illustrent par leur union avec la piété et les vertus chrétiennes. Il mourut sur le champ de bataille, et il consacra sa fortune à des fondations pieuses et charitables.

Exploit d'Hernando del Pulgar.

Pendant que les rois catholiques Isabelle et Ferdinand faisaient le siége de Grenade, les Maures essayèrent plusieurs moyens de provoquer isolément les Chrétiens au combat. Ils s'avançaient quelquefois en troupes jusqu'à la lisière du camp et y jetaiens leurs lances avec un écrit renfermant un insultant défi. Ces bravades causèrent beaucoup d'irritation parmi les chevaliers espagnols ; mais leur colère redoubla lorsqu'un jour, un cavalier maure, connu pour son audace, s'avança jusqu'au quartier de Ferdinand, jeta sa lance, qui se fixa en terre auprès du pavillon royal et qui portait un écrit avec ces mots : *A la reine Isabelle !*

Un chevalier d'Andalousie , Hernando del Pulgar, qu'on appelait *l'homme aux exploits*, avait été témoin de cette insolence. La nuit suivante, il sortit du camp avec quinze autres chevaliers aussi vigoureux qu'intrépides ; et s'approchant de la ville avec précaution, ils trouvèrent une poterne ouverte sur le Darro et qui était gardée par des fantassins presque tous endormis. Il la força, et pendant que ses compagnons luttaient avec les sentinelles , il traversa au galop la ville entière.

Arrivée à la principale mosquée, il mit pied à terre , et s'étant agenouillé devant le portail , il déclara qu'il prenait possession de l'édifice, comme devant être converti en église et dédié à la Mère très-pure du Rédempteur. En témoignage de cette cérémonie, il prit une tablette qu'il avait apportée avec lui , et sur laquelle étaient tracés en grandes lettres ces mots : *Ave Maria !* il la cloua avec son poignard sur la porte de la mosquée ; puis il remonta à cheval et reprit au galop le chemin de la poterne.

On avait donné l'alarme : les soldats se rassemblaient de tous côtés ; tout le monde s'étonnait de

voir un cavalier chrétien parcourir la ville. Hernando continua son chemin à travers la foule, ren-
versant les uns, tuant les autres ; et, après avoir
rejoint ses compagnons qui avaient gardé la poterne,
il retourna au camp avec eux.

La mosquée témoin de cet exploit fut convertie
en cathédrale après la prise de Grenade. En souvenir de l'exploit d'Hernando, Charles-Quint lui
accorda, ainsi qu'à ses descendants, le droit d'être
enterré dans cet église, et le privilége de s'asseoir
dans le chœur pendant les offices.

Gabriël de Fénelon.

Gabriël de Fénelon, neveu de l'illustre archevêque de Cambrai, eut les vertus de son oncle
réunies à tous les talents militaires. Sa piété était
solide, fervente et sans respect humain. Voltaire
lui-même n'a pu s'empêcher de lui rendre justice,
et de faire en même temps un aveu bien honorable
pour le christianisme : « Son extrême dévotion,
dit-il en parlant du marquis de Fénelon, augmen-
tait son intrépidité. Il pensait que l'action la plus
agréable à Dieu était de mourir pour son roi
quand le devoir et la raison l'exigent. Il faut

avouer qu'une armée composée d'hommes qui penseraient ainsi serait invincible. » Le marquis de Fénelon fut blessé mortellement à la bataille de Rocoux, et mourut trois jours après, le 11 octobre 1746.

La Procession de la Fête-Dieu.

Pendant les dernières guerres qui signalèrent la fin du règne de Louis XIV, le marquis de Nangis, à la poursuite de l'ennemi, entra dans un village où l'on faisait la procession de la Fête-Dieu. Aussitôt lui et ses grenadiers se mirent à genoux, et le curé, tenant le saint Sacrement, donna la bénédiction, sans que ni lui ni les habitants parussent alarmés.

Les Cuirassiers à Notre-Dame de Fourvières.

Le 27 décembre 1853, le 4ᵐᵉ régiment de cuirassiers, en garnison à Lyon, exécutait une promenade militaire. Conduit sur le plateau de Fourvières, le régiment put contempler ces vastes plaines, ces fleuves immenses, et, dans un horison presque sans bornes, des villes, des bourgs, des hameaux, des maisons presque par milliers. Cependant tous les regards quittèrent bientôt la terre pour s'élever au ciel. Tous les yeux abandonnèrent le cours majestueux du Rhône et de la Saône, les glaciers des Alpes, les plaines de la Bourgogne, les chaînes du Jura et les cimes des Cévennes, pour se rencontrer sur l'image sainte de Marie. Étincelante d'or, posée dans les nuages, la statue de la Vierge brille l'été sous les rayons du soleil ; mais ce jour-là, les cuirassiers la virent enveloppée d'un voile de neige immaculée.

Vrai soldat lui-même et sachant lire dans l'âme des soldats, le colonel fait mettre pied à terre au régiment. Les chevaux sont confiés à quelques hommes, et le corps tout entier, avec son chef et son étendard, entre, musique en tête, dans la chapelle de Fourvières.

Les prêtres accourent, car ce pèlerinage est une inspiration soudaine que nul n'avait prévue. Les échos du temple redisent les mâles accents de la musique militaire, et les chants graves du clergé répondent au régiment et l'accueillent. Près de la table de communion, l'étendard du 4.ᵐᵉ cuirassiers se dresse aussi fier qu'à la bataille. Le sanctuaire, le chœur, l'église tout entière, tout est envahi par ces braves enfants de l'armée, qui la plupart ne connaissent que deux choses, le village et le régiment, l'église et la caserne.

Aussi ce fut avec bonheur qu'ils se virent réunis dans la chapelle de Fourvières. Vous eussiez conduit ce régiment dans le plus riche des musées, vous l'eussiez amené dans l'amphithéâtre le plus vaste pour lui faire entendre les plus sublimes tragédies, vous eussiez fait arriver jusqu'à lui les notes les plus mélodieuses de la musique, que vous n'eussiez pas produit une semblable émotion.

Cependant un prêtre avait pris la parole, non pour adresser un sermon à cet auditoire nouveau, non pour remercier d'un devoir accompli, mais pour rappeler la sainte victoire de Lépante et le triomphe de Jean Sobieski sous les murs de Vienne. Puis le prêtre ajouta simplement :

« Le maréchal Suchet, chargé du commandement de Lyon en 1815, monta un jour à Fourvières, et après avoir, du haut du clocher, observé sa ville natale, il entra dans l'église et dit au prêtre : « Monsieur le curé, veuillez faire célébrer quelques messes à mon intention. Quand j'étais enfant, ma mère m'amenait souvent ici aux pieds de Notre-Dame ; je ne perdrai jamais ce souvenir. »

Le maréchal alla ensuite s'agenouiller devant l'image de Marie et pria.

» Le maréchal Suchet, le duc d'Albuféra, l'un des plus grands capitaines de l'empereur Napoléon, fait dire des messes, s'agenouille et prie. Et Bayard, et Turenne, et saint Louis, et Clovis s'agenouillaient et priaient aussi.

» Napoléon lui-même, sur son lit de camp, qui, à Sainte-Hélène, était son lit de mort, priait comme avaient prié Clovis, saint Louis, Bayard, Turenne, Suchet, Drouot et le 4ᵐᵉ régiment de cuirassiers. »

Le Soldat d'Afrique.

Qui n'a lu avec attendrissement les récits naïfs faits par quelques soldats échappés du camp d'Abdel-Kader ? Ils ont été soumis à toutes les épreuves humaines et les ont supportées avec un courage qui suffirait à la gloire des héros. Il y en eut un qui, tombé dans une tribu fanatique, fut garrotté et conduit à la mort. Arrivé au lieu du supplice, les Arabes lui accordent la vie s'il renie sa religion. Le soldat refuse ; précipité dans un ravin, il parvient miraculeusement à se sauver.

Ce soldat ne savait pas qu'il était martyr, qu'il était saint. Peut-être au régiment ne priait-il guère, mais ce pauvre paysan, captif et condamné à mort, fut, à cette heure suprême, inspiré par quelque souvenir d'enfance. On ne connaît pas le nom de cet homme, rentré à la compagnie ou au village sans se douter que nous avons des historiens et des sculpteurs pour perpétuer les grandes choses.

Respect à la Croix.

Dans l'enceinte du fort principal de Bomar-Sund (île d'Aland) s'élevait une riche chapelle, et au sommet de l'édifice brillait une grande croix de cuivre placée sur un globe doré. Lorsque la destruction de la place fut décidée, et au moment où il allait donner l'ordre de mettre le feu aux mines, le général du génie Niel, regrettant que la croix de la chapelle se trouvât anéantie avec la forteresse, demanda aux sapeurs du génie quelques hommes de bonne volonté pour atteindre et enlever cette croix. Aussitôt cinq ou six sapeurs s'élancèrent, et, avec autant d'adresse que d'audace, ils la rapportèrent intacte. Le général Niel a demandé et obtenu l'autorisation d'offrir cette croix à l'église de Muret (Haute-Garonne), sa ville natale, où elle rappellera le beau fait d'armes de Bomar-Sund en même temps qu'elle sera un monument de la piété du général en chef.

GÉNÉROSITÉ ET DÉSINTÉRESSEMENT

—

Tancrède.

Ce héros de la première croisade, que l'histoire et la poésie ont également célébré, avait autant de grandeur d'âme que de résolution et de courage. A la prise de Jérusalem, il eut en partage les immenses richesses trouvées dans la mosquée d'Omar. Parmi ces richesses on remarquait vingt candelabres d'or, cent vingt d'argent, une grande lampe et beaucoup d'ornements des mêmes métaux. Ce butin était si considérable, qu'il aurait suffi, disent les historiens, pour la charge de six chariots ; mais le héros chrétien ne s'en réserva rien ; il abandonna une partie de ses trésors à ses soldats, il en donna une autre à Godefroi de Bouillon, et avec la troisième, il fit des aumônes aux pauvres et répara et embellit les églises chrétiennes. L'or de la conquête ne souilla pas ses mains, aussi pures qu'elles

10

étaient vaillantes. L'humilité de Tancrède n'était
pas moins remarquable que son héroïsme; dans les
les combats, après des coups merveilleux, il faisait
jurer à son écuyer de garder silence sur ses
exploits, et ce ne fut qu'après sa mort que l'on
connut le détail de ses actions glorieuses.

Duguesclin.

La générosité de Duguesclin méritait de devenir
aussi proverbiale que sa valeur. Nous ne pourrions
pas énumérer tous les traits de désintéressement
qui ont honoré cette belle âme. Nous n'en citerons
que deux. Le héros breton revenait de sa première
campagne de France; les villes qu'il traversait lui
rendaient des honneurs extraordinaires; à Avran-
ches, à peine fut-il arrivé aux portes de la ville
qu'un bourgeois se présenta et lui offrit, comme
gage de son estime particulière, un présent en
argent : Bertrand le refuse avec sa modestie accou-
tumée. Le bourgeois se retire, et revient au bout
de quelques instants, muni d'un présent double du
premier. Même refus, accompagné de marques de
reconnaissance. Cet homme se retire encore, et ne
tarde pas de reparaître, portant un don trois fois

plus riche. Surpris d'un procédé si extraordinaire,
Duguesclin en demanda le motif : « Je ne connais-
sais pas tout votre mérite, dit le bourgeois, quand
je vous ai fait mes premières offres ; et vos refus suc-
cessifs m'ont appris à connaître ce que vous valez,
et j'ai triplé la valeur de mon présent. » Il appuya
cette explication de prières si pressantes qu'il finit
par triompher de la modestie et de la résistance du
bon chevalier.

Lorsque Duguesclin fut fait prisonnier par le
prince Noir à la bataille de Navarette, il revint en
France afin d'y réunir la somme nécessaire à sa
rançon. Il n'eut pas beaucoup de peine, car chacun
s'empressait de lui venir en aide ; pauvres et riches
apportaient leur tribut afin de délivrer celui qui
avait mis en liberté tant de prisonniers, secouru
tant d'orphelins, et qui n'avait jamais hésité à
prodiguer son sang et sa vie pour le salut de la
patrie et la défense des opprimés. Duguesclin réunit donc, en peu de temps, une grosse somme
d'argent ; mais son cœur compatissant se brisait en
voyant ses pauvres compagnons qui ne pouvaient
se libérer. Il rencontra un écuyer qui retournait
vers le prince Noir pour reprendre sa parole,
n'ayant pu fournir la rançon exigée : « Combien te

faut-il? demanda Bertrand. — Cent florins. — En voilà deux cents ; achète un cheval , et viens me rejoindre lorsque j'appellerai mes anciens gars. »

La route de Bordeaux à Nantes était couverte d'infortunés chevaliers qui sortaient aussi de prison ; en les voyant, Bertrand oubliait sa propre position pour ne songer qu'à celle de ces vaillants hommes ; pour soulager leur misère, il usa d'une trop grande générosité, car en arrivant à Paris il ne lui resta pas un seul florin de l'argent amassé pour sa rançon. Sa femme Tiphaine, de son côté, aussi libérale que son époux, avait employé ses économies à soulager la misère des soldats bretons revenant d'Espagne. Bertrand rassembla une seconde fois, grâce à ses amis, la somme nécessaire pour se mettre en liberté une seconde fois, il la donna tout entière à ses compagnons d'armes, et ce fut Charles V le Sage qui eut la gloire et le bonheur de briser ses fers.

Le jeune Gordon.

Voici un trait que nous lisons dans l'histoire d'Ecosse et qui renferme un bel exemple d'amour de la patrie et de noble générosité. Les Anglais

et les Ecossais étaient en guerre, et leurs deux
armées se trouvaient en présence à Halidon-Hill.
Les Ecossais discutaient sur l'ordre de bataille qu'ils
devaient choisir, et ils ne pouvaient pas tomber
d'accord, quand un vieux chevalier, nommé Alan
Swinton, ancien compagnon de Robert Bruce, émit
un avis plein de sagesse. Le vieux chevalier était
pauvre, et ses conseils ne furent pas écoutés, sinon
par un seul homme. Adam Gordon haïssait Swinton; il régnait entre eux un ressentiment mortel
qui de part et d'autre avait coûté la vie à de
nombreux vassaux; et pourtant, en entendant les
prudentes paroles de Swinton, le jeune Gordon
oublia sa haine; il ne songea qu'au salut de l'E-
cosse, et par un mouvement admirable, se jetant
aux genoux de Swinton, il lui demanda pardon,
le déclara le plus vaillant et le plus sage des guerriers de l'armée, et le supplia de l'armer chevalier
de sa propre main. La cérémonie achevée, les deux
guerriers unirent leurs troupes, et après des prodiges de valeur, ils périrent ensemble, pour leur
patrie, en essayant de se sauver l'un l'autre.

Le duc de Guise.

Le duc de Guise, chef de cette maison de Lorraine, auprès de laquelle les autres princes paraissaient peuple, avait une âme vraiment royale par la générosité autant que par la valeur. On connaît ses exploits : il défendit Metz contre Charles-Quint ; il reprit Calais sur les Anglais, et enleva ainsi au léopard britannique ses dernières possessions en terre de France ; il prit Thionville sur les Espagnols ; il opposa aux réformes tous les obstacles que pouvaient faire naître ses talents politiques et son courage sur les champs de bataille. Mais cette opposition vigoureuse, cette fidélité inébranlable à la religion catholique lui suscitèrent de nombreux ennemis qui mirent ses jours en péril. On lui amena un gentilhomme huguenot qui s'était glissé auprès de sa tente pour l'assassiner ; il l'interrogea ; cet homme lui avoua sa résolution. Alors le duc lui demanda : « Est-ce à cause de quelque déplaisir que vous avez reçu de moi ? — Non, lui répondit le protestant, c'est parce que vous êtes le plus grand ennemi de ma religion. — Eh bien ! répli-

qua Guise, si votre religion vous porte à m'assassiner, la mienne veut que je vous pardonne. » Et il
le renvoya. Voltaire a mis ces nobles sentiments
dans la bouche du héros d'une de ses tragédies ; il
leur doit quatre des plus beaux vers de son réper-
toire :

Des dieux que nous servons connais la différence :
Les tiens t'ont commandé le meurtre et la vengeance,
Et le mien, quand ton bras vient de m'assassiner,
M'ordonne de te plaindre et de te pardonner.

Crillon.

Crillon, l'ami de Henri IV, était digne de cette
royale affection par la grandeur et la magnanimité
de ses sentiments. A la bataille de Montcontour,
en 1569, un soldat huguenot crut faire un acte
héroïque en essayant de le tuer et de délivrer
son parti du plus intrépides des généraux catholiques. Il se porta dans un endroit où Crillon, en
revenant de la poursuite des fuyards, devait néces-
sairement passer. Dès que ce fanatique l'aperçut,
il lui tira un coup d'arquebuse. Crillon, quoique
grièvement blessé au bras, courut à l'assassin, l'at-
teignit, et allait le percer, lorsque le soldat tomba

à ses pieds et lui demanda la vie. « Je, te la donne,
lui dit Crillon ; et si l'on pouvait ajouter quelque
foi à un homme qui est rebelle à son roi et infidèle
à sa religion, je te demanderais parole de ne jamais
porter les armes que pour ton souverain. » Le soldat, confondu par tant de générosité, jura qu'il se
séparerait pour toujours des rebelles et qu'il re-
tournerait à la religion catholique. La charité de
Crillon envers les pauvres égalait son courage et
prenait sa source dans une piété fervente. Ce grand
homme de guerre était un ardent chrétien, et
fidèle au roi de la terre, il était fidèle aussi au Roi
du ciel. On sait qu'assistant un jour à un sermon
sur la passion de Jésus-Crist, au moment où le
prédicateur faisait un récit animé du tourment de
la flagellation, Crillon se leva soudain, saisi d'un
pieux enthousiasme, et mettant la main sur la
garde de son épé, il s'écria : « Ou étais-tu, Crillon ? » Sa mort pieuse fut l'écho de sa vie, et la
noble épitaphe gravé sur son tombeau peint bien
son caractère :

CRILLON

Nommé brave autrefois par les braves eux-mêmes.

Henri IV l'aima.

Les pauvres le pleurèrent.

La Palice.

Le brave La Palice, chevalier français, était commandant d'une citadelle assiégée par les Espagnols; il avait fait une sortie vigoureuse ; couvert de blessures, il veut prendre le chemin du fort, les Espagnols lui referment le passage : alors il s'appuie contre une muraille et se défend long-temps. Cédant enfin au nombre, il tombe, et est traîné expirant à la tente de Gonzalve de Cordoue, chef des assiégeants, qui le menace d'une mort prompte s'il n'oblige à l'instant les assiégés à lui livrer le fort. La Palice écoute tranquillement l'Espagnol; puis il lui dit : « Qu'on me porte au pied du rempart. » Là, il fait appeler son lieutenant :

« Cornon, lui dit-il, Gonzalve, que vous voyez, menace de m'ôter un reste de vie si vous ne vous rendez promptement; mon ami, regardez-moi comme un homme déjà mort ; soyez fidèle à votre devoir envers le roi et la France, et défendez la place jusqu'à votre dernier soupir. »

Gonzalve, quoique transporté de fureur, n'exécuta pas ses horribles menaces : il aima mieux échanger contre un officier espagnol du même grade son prisonnier qui respirait encore. La Palice guérit et devint maréchal de France.

Fabert.

Le maréchal Fabert avait vaillamment servi la patrie sous Henri IV, sous Louis XIII et sous Louis XIV. Ce dernier roi voulut lui donner le collier de ses ordres ; mais n'appartenant pas à la noblesse, Fabert le refusa parce qu'il ne pouvait fournir les titres nécessaires pour recevoir cet honneur. Vainement lui fit-on entendre qu'il pouvait présenter les titres qu'il voudrait et qu'on ne les examinerait pas ; il répondit qu'il ne voulait pas que sa poitrine fût décorée par une croix, et son nom déshonoré par une imposture. Il écrivit à ce sujet au duc de Noailles une lettre admirable : « Quant aux preuves qu'il faudroit pour être chevalier par la voie ordinaire, j'aimerois mieux la mort que d'y donner mon consentement. Je n'ai fait de ma vie fausseté ; et, pour porter une marque d'honneur sur mon manteau, je ne rendrai jamais ma personne aussi infâme qu'elle le seroit si je m'étois porté à mentir à mon roi.

» Depuis mes jeunes ans, j'ai servi le plus utilement qu'il m'a été possible et avec une fidélité
et sincérité entière. Cela a dépendu de moi, et j'ai
suivi exactement mon devoir ; je continuerai jusqu'à l'heure de ma mort. Mais ma naissance dé-
pendoit du hasard. Si elle fait que le roi, après
une longue guerre, honorant de son ordre ceux
qu'il voudra qu'on croie l'avoir utilement servi,
me laisse seul dans cette marque d'honneur, et
veut que, dans l'élévation où Sa Majesté m'a mis,
ce me soit une marque d'un défaut que je ne pou-
vois corriger, il faudra prendre cela comme un
châtiment de mes péchés, et remercier Dieu qu'en
ce monde il me fasse souffrir un peu, en me garan-
tissant de faire une faute qui me précipiteroit dans
la rigueur de sa justice après ma mort, et qui
durant le reste de ma vie me tiendroit la conscience bourrelée. »

A cette admirable droiture, Fabert réunissait
une rare générosité. En 1635, un des généraux de
l'empereur Ferdinand II était entré en Lorraine
avec le projet de pénétrer dans la Champagne.
Arrêté par les habiles manœuvres des généraux
français, il fut contraint de prendre la route de
l'Alsace, après avoir manqué son but. Ses troupes

manquaient de vivres, et, désespérées, elles mas-
sacraient tous ceux qui leur en refusaient. Fabert,
qui était à leur poursuite, pénétra dans un camp
abandonné, rempli de soldats allemands, blessés
et mourants de besoins. Les Français, indignés,
voulaient faire main basse sur ces malheureux,
qui, lorsqu'ils étaient vainqueurs, s'étaient mon-
trés sans pitié; mais Fabert s'opposa à ces san-
glantes représailles : « Cherchons, dit-il, une vengeance plus noble et plus digne de nous. » En
même temps il fit distribuer des provisions à ces
infortunés; les malades et les blessés furent trans-
portés par ses ordres à Mézières, où, après quelques jours de soins, la plupart recouvrèrent la
santé. Pénétrés des sentiments d'une juste reconnaissance, ils s'attachèrent presque tous au service
de la nation qui les avait traités si généreusement.

Le roi avait donné à Fabert le gouvernement de
Sedan. Il fit fortifier cette place, et il paya les frais
d'une partie des travaux. Sa famille lui repro-
chait de dépenser au service de l'Etat la fortune des
siens : « Si, pour empêcher, répondit-il, qu'une
place que le roi m'a confiée tombe au pouvoir des
ennemis il falloit mettre à la brèche ma personne,
ma famille et tout mon bien, je ne balancerois pas

à le faire. » Fabert était rempli des sentiments les plus religieux. Par son exemple et ses conseils, il parvint à ramener presque tout Sedan à la religion catholique.

Hébron.

Gustave-Adolphe, à Nuremberg, avait essayé inutilement de forcer les retranchements de l'ennemi. Après une lutte terrible, la nuit s'approchait ; mais les Suédois s'étaient avancés si loin que le retour au camp offrait de grands dangers. Gustave le savait, et ses yeux cherchaient autour de lui un officier assez expérimenté pour qu'il pût le charger de cette tâche importante, lorsqu'il aperçut le colonel Hébron, vaillant Écossais, qui considérait, sans y prendre part, les diverses chances de cette journée : car, ayant été, à ce qu'il croyait, offensé par le roi, il avait demandé et obtenu son congé, et avait fait solennellement le vœu irréfléchi de ne plus tirer l'épée pour son service ; ce fut cependant à lui que Gustave-Adolphe s'adressa pour diriger la retraite.

« Les instants sont précieux, dit Gustave ; il faut que la retraite soit bien dirigée, ou l'armée court les plus grands risques. Vous m'en voulez, je vous offre une belle occasion de vous venger : commandez la retraite et aidez au salut de vos anciens camarades ; forcez-moi d'avoir pour vous autant de reconnaissance que j'ai déjà d'estime. — Sire, répondit l'intrépide Écossais, Votre Majesté a bien fait de me demander ce service ; c'est le seul que je ne puisse lui refuser, puisqu'il expose ma vie cent fois au lieu d'une. »

Il s'élance au milieu du feu, il se fraye une route jusqu'aux escadrons les plus exposés ; il les rassemble, il fait passer à l'infanterie presque accablée les ordres de Gustave. Elle commence la retraite en faisant toujours tête à l'ennemi ; Hébron la couvre avec la cavalerie. Malgré les efforts de l'ennemi, la retraite s'achève en bon ordre et avec le plus grand succès. Gustave fit appeler Hébron pour le remercier et lui offrir des récompenses capables de tenter un homme de cœur : « Le vœu que j'ai fait ne me permet pas d'accepter, dit Hébron ; je pars, et ne tirerai plus l'épée que pour le service de mon pays. »

Vertus de Turenne.

Le désintéressement de ce grand général paraissait avec éclat au milieu de l'avidité qui était déjà le vice dominant du siècle. Il laissa en mourant beaucoup moins de biens qu'il n'en avait reçu de sa maison : « Je n'ai jamais pu comprendre, disait-il, le plaisir qu'on peut trouver à garder des coffres remplis d'or et d'argent. S'il me restait à la fin de l'année des sommes considérables, j'en aurais mal au cœur, comme si, au sortir de table, on me servait un grand repas. » Non content de donner beaucoup, il était ingénieux à cacher sa main, pour épargner à ceux qu'il obligeait la honte de recevoir, et pour éviter que l'amour propre en dérobât quelque chose à sa vertu. Il aimait ses soldats comme ses enfants ; il vendit jusqu'à sa vaisselle pour vêtir le corps des troupes dont le commandement lui était confié. A une générosité de tous les instants il joignait une délicatesse extrême. Un jour qu'il était en marche dans le pays ennemi, des députés d'une ville neutre qui semblait sur son passage vinrent lui offrir cent mille écus pour l'engager à suivre un autre chemin. Turenne les refusa, disant à ces députés : « Comme votre ville n'est point sur la route par où j'ai résolu de faire marcher mes troupes, je ne puis en conscience accepter l'argent que vous m'offrez. » Vers la même époque, un officier-général lui ayant proposé un gain de quatre cent mille francs dont la cour ne pourrait jamais être instruite : « Je vous suis fort obligé, répondit-il ; mais comme j'ai souvent trouvé des occasions sans avoir voulu en profiter, je ne crois pas devoir changer de conduite à mon âge. »

En campagne, il paraissait autant père de famille que général. On l'a vu, dans une pénible marche, descendre de cheval, placer sur sa monture un soldat épuisé de fatigue, et le conduire à pied jusqu'aux chariots où il le fit placer. Il était aimé des soldats comme il les aimait. Durant l'expédition rapide et glorieuse de la Franche-Comté, en 1674, il s'approcha un jour d'une tente où plusieurs jeunes soldats mangeaient ensemble et se plaignaient de la pénible marche qu'ils venaient de faire. « Vous ne connaissez pas notre père, leur dit un vieux grenadier couvert de cicatrices ; il ne nous aurait pas exposés à tant de fatigues s'il n'avait de grandes vues que nous ne saurions pénétrer. « Ce discours fit cesser toutes les plaintes ; on se mit à boire à la santé du général. Turenne avoua depuis que jamais il n'avait ressenti de plaisir plus vif.

Sa modestie donnait un nouveau lustre à ses autres vertus. Dans la conversation , il ne parlait presque jamais de lui ; s'il y était forcé , c'était avec tant de réserve, qu'il paraissait ignorer son mérite et la haute idée que les autres en avaient. Lorsqu'il racontait les batailles où il n'avait pas réussi, il se servait toujours de cette expression : *Je perdis*. Quand il parlait de ses victoires, il disait toujours : *Nous gagnâmes*.

Générosité de Bonchamp et des généraux vendéens.

Pendant les grandes et tristes guerres de la Vendée, que l'empereur lui-même qualifiait de *guerre de géants* , les malheureux Vendéens montrèrent une générosité, une grandeur d'âme que rehaussait encore leur impétueuse valeur. Lions pendant le combat, c'étaient des agneaux après la victoire, et il fallut toute la cruauté révolutionnaire, ordonnée, approuvée par la Convention, pour faire sortir de leur naturel ces populations pieuses et paisibles.

Après la fatale journée de Chollet, l'armée vendéenne se replia sur la Loire, emmenant avec elle
trois généraux, Lescure, d'Elbée et Bonchamp,
mourant de leurs blessures, et près de cent mille
paysans de tout âge, de tout sexe, qui, chassés par
le fer et le feu républicains, n'avaient plus d'autre
asile que la rive droite du fleuve ou la mort. C'était
un spectacle dont rien ne peut peindre l'immense
désolation : on eût dit le convoi funèbre de la Vendée, mené à la tombe par les derniers Vendéens.
Bonchamp l'ouvrait, porté sur son lit de douleur ;
La Rochejacquelein le fermait, arrosant son épée
de ses larmes.

Cinq mille prisonniers républicains encombraient
encore la marche de l'armée vendéenne. Que faire
de ces ennemis de la Vendée, dont beaucoup étaient
encore tout couverts du sang de leurs victimes et
des cendres des chaumières du Bocage ? Le vieux
chevalier de Cerbron propose nettement de les
mettre à mort. Le conseil délibère au pied du lit
de Lescure. La majorité partage silencieusement
l'avis de Cerbron. Après tant de générosités inu-
tiles, n'a-t-on pas juré à Corfou d'être sans merci
pour les Bleus ? En vain Lescure proteste d'une

voix étouffée par la souffrance. L'armée tout entière, exaspérée par les privations et les dangers,
crie : « Mort aux républicains ! » Déjà les canons
sont braqués sur l'église qui les renferme ; les
sabres et les bâtons vont égorger et assommer
ceux qu'épargnera la mitraille. On n'attend plus,
pour commencer le carnage, que le signal des
chefs.... aucun d'eux n'a le courage de le donner.
Et Lescure retombe sur son lit, en disant : « Je
respire ! »

Le saint du Poitou comptait sans la fureur populaire. La Vendée se passera de l'ordre de ses
chefs. Elle osera leur désobéir pour assouvir sa
vengeance. « Mort aux Bleus ! mort aux Bleus ! »
et les paysans se ruent sur l'église avec délire.
Les cinq mille prisonniers vont périr.... Ces cla-
meurs rappellent à la vie Bonchamp, évanoui sur
son brancard : « Qu'est-ce celà ? » demanda-t-il à
ses amis éplorés. On lui apprend que l'armée va se
faire justice elle-même, que la voix des chefs est
méconnue.... Alors Bonchamp se relève et se ra-
nime : « Mon ami, dit-il à d'Autichamp, les Vendéens m'ont toujours obéi... Portez-leur mon commandement suprême : *Grace aux prisonniers !* que
je ne meure pas sans être assuré de leur vie. »

D'Autichamp s'élance.... un roulement de tam-
bours annonce un ordre de Bonchamp. A ce nom
chéri , tout le monde s'arrête et prête l'oreille. Le
dernier vœu du héros, le cri de grâce, vole de
bouche en bouche. Il arrive aux bourreaux prêts à
frapper, les armes leur tombent des mains , et la
Vendée renonce à cette vengeance que tant de souffrances et de malheurs semblaient justifier.

Bonchamp traverse alors la Loire, et va mourir
dans une chaumière de la Mailleraye, entre les bras
de son ami l'abbé Courgeoy, en répétant : « Je
compte sur la vie des prisonniers ! »

Lescure mourut peu de jours après, en adressant
à sa femme ces belles paroles : « J'ai toujours servi
Dieu avec piété , j'ai combattu et je meurs pour
lui : j'espère en sa miséricorde. J'ai souvent vu la
mort de près et je ne la crains pas ; je vais au ciel
avec confiance. Je ne regrette que toi , j'espérais
faire ton bonheur. Si jamais je t'ai donné quelque
sujets de plainte, pardonne-moi... » On trouva sur
son corps les marques du cilice que ce héros chrétien avait constamment porté depuis sa jeunesse.

Dévouement d'un soldat.

Jacques Guillermain, né à Lyon en 1760, servit comme simple soldat dans le régiment d'Aquitaine, depuis 1779 jusqu'en 1785. Après avoir assisté aux prises de Pondichéry et de Madras, il prit son congé. En 1792, Guillermain partit de nouveau comme volontaire et fut nommé lieutenant dans le premier bataillon de Saône-et-Loire. Envoyé à l'armée de Custine, Guillermain fut blessé devant Mayence. En Vendée, il reçut deux autres blessures. Après avoir combattu avec une bravoure extraordinaire à l'armée d'Italie, il passa en Orient, et le général Bonaparte le cita pour son courage à Saint-Jean-d'Acre.

Après la prise du fort d'Al-Arich, le général en chef, afin de prouver son estime particulière au brave Guillermain, l'admit à sa table, où il occupait toujours la place d'honneur. A la bataille d'Héliopolis, toute l'armée remarqua le capitaine Guillermain. Peu de temps après, une balle lui enleva l'œil droit. Le capitaine revint en France, prit sa retraite, et les médecins lui recommandèrent

la plus grande prudence s'il voulait conserver la
vue. En 1816, le capitaine Guillermain, âgé de
cinquante-six ans, aperçut un attroupement sur les
bords du Rhône. Une femme était entraînée par les
flots rapides : nul n'osait aller à son secours. Le
vieux soldat se précipite dans le fleuve et sauve la
femme. Le soir il était aveugle.

Le chef de bataillon Peyragai.

Le chef de bataillon Peyragai, qui a péri glorieusement en Algérie, était un des plus braves
officiers de l'armée. Deux traits entre mille feront
connaître à quel point il poussait l'intrépidité.

Dans une des guerres de l'empire, Peyragai,
alors capitaine, se trouvait, avec sa compagnie,
exposé à un feu d'artillerie qui décimait les rangs
de ses soldats ; plusieurs obus y avaient jeté le dé-
sordre, et les fantassins commençaient à se disperser.
Immobile à son poste, Peyragai cherchait à les encourager par son exemple, lorsqu'un obus tombe à
ses pieds ; les plus voisins s'enfuient : Peyragai tire
froidement une cigarette de sa poche et l'allume au
feu de la fusée. L'obus éclate, le couvre de fumée
et de poussière ; et, quand ce nuage est dissipé, on

revoit l'officier sain et sauf, aussi calme qu'avant l'explosion. Des bravos et des applaudissements retentirent au loin, et pas un soldat n'osa plus quitter les rangs tant que dura le feu.

A l'assaut d'une redoute, Peyragai arriva seul sur la crête et y planta son drapeau. Au même instant une terrible fusillade est dirigée contre lui. « Descends, descends, Peyragai, lui crie un de ses camarades, tu vas *gober quelque prune.* — C'est déjà fait! répond l'intrépide capitaine qui s'appuyait sur la hampe de son drapeau; mais n'en dis rien, on ne me suivrait pas. »

En effet, il avait reçu une balle en pleine poitrine; mais il restait debout, et la redoute fut emportée.

Hélion de Villeneuve.

Un officier revenu de Crimée a raconté aux amis d'Hélion de Villeneuve, un trait aussi magnanime que touchant où son âme grande et bonne se montre tout entière. Il était de service dans la tranchée; le feu de l'ennemi tonnait avec violence. Un soldat qui s'était avancé imprudemment sur un point ouvert sans défense aux balles des Russes, temba mortellement blessé. Dans les douleurs de l'agonie, il se tourna vers ses camarades et s'écria d'une voix mourante : « Personne ne viendra-t-il me serrer la main avant que je meure ? » Villeneuve l'entend, s'élance vers lui au milieu d'une horrible mitraille, et serre dans ses mains la main du pauvre soldat, qui meurt consolé par cette étreinte suprême. Aumône sublime d'une poignée de main, qui fut plus précieuse sans doute devant le Seigneur que celle des plus riches trésors, et que Dieu récompensa bientôt par le don de la vie éternelle !

FIN

TABLE

FOI   ET   PIÉTÉ

TABLE 139

GÉNÉROSITÉ ET DÉSINTÉRESSEMENT

— LILLE. TYP. J LEFORT. M D CCC LXXI —

A LA MÊME LIBRAIRIE

Série grand in-8°

à 4 fr. le volume.

Aymar ; par Marie Emery.

Fastes (les) militaires de la France ; par A. S. de Doncourt.

Histoire anecdotique des fêtes et jeux populaires au moyen âge ; par Mlle Amory de Langerack.

Itinéraire de Paris à Jérusalem ; par Chateaubriand ; édition revue par M. de Cadoudal.

Martyrs (les) ; par Chateaubriand ; édition revue par le même.

Perles de la littérature contemporaine ; par Mme de Gaulle.

Récits du foyer ; par Mme Bourdon.

Récits d'un bon oncle, sur l'Europe, l'Asie, l'Afrique, l'Amérique et l'Océanie, imités de l'anglais ; par Mme de Montanclos ; ornés de 25 *vignettes*.

Souvenirs d'histoire et de littérature ; par M. Poujoulat.

Une Visite à chacun ; par A. E. de l'Etoile.

Série in-8° (de 600 pages environ).

à 4 fr. 50 le volume.

Catéchisme (le) en exemples.

Château (le) de Bois-le-Brun, et Laure de Cernan, suite du *Château de Bois-le-Brun* ; par S. Bigot.

Histoire de la vie de N.-S. Jésus-Christ ; par le P. de Ligny ; suivie d'un précis des Actes des apôtres.

Souvenirs de voyage : la Suisse, le Piémont, Rome, Naples, toute l'Italie ; par Mme la comtesse de la Grandville.

Triomphe (le) de l'Evangile ; traduit de l'espagnol, par Buynand des Echelles.

Iʳᵉ série in-8° à 2 fr. 50 le volume.

Auvergne (Mgr) : ses voyages au mont Liban, au Sinaï, à Rome, etc.

Château (le) de Bois-le-Brun; par S. Bigot.

Chine (la) et la Cochinchine; par J. J. E. Roy.

Christianisme (le) au Japon; par M. le comte de Lambel.

Constantinople, depuis Constantin jusqu'à nos jours; par M. de Montrond.

Dieu, le Christ, son Église, ses Sacrements; par M. l'abbé Petit.

Dorsigny (les), ou Deux Éducations; par S. Bigot.

Études et Portraits; par M Poujoulat

Fleurs des Martyrs au xixᵉ siècle; Chine et Cochinchine; par A. S. de Doncourt.

Gerbert, archevêque de Reims, pape sous le nom de Sylvestre II; sa vie et ses écrits; par M. l'abbé Loupot.

Hincmar, archevêque de Reims; sa vie, ses œuvres, son influence: par le même.

Lacordaire (le P.); par M. de Montrond.

Laure de Cernan; par l'auteur du *Château de Bois-le-Brun*.

Musiciens (les) les plus célèbres; par M. de Montrond.

Naples : histoire, monuments, littérature. L. L. F.

Poètes les plus célèbres : français, italiens, anglais, espagnols.

Prélats (les) les plus illustres de la France; par M. de Montrond.

Saint Ambroise; sa vie et extraits de ses écrits.

Saint Athanase; sa vie et extraits de ses écrits.

Saint Augustin; sa vie et extraits de ses écrits.

Saint Basile; sa vie et extraits de ses écrits.

Saint Bernard; sa vie et extraits de ses écrits.

Saint Cyprien; sa vie et extraits de ses écrits.

Saint Grégoire de Nazianze; sa vie et extraits de ses écrits.

Saint Jean Chrysostôme; sa vie et extraits de ses écrits.

Saint Laurent, diacre et martyr, par M. l'abbé Labosse. 4 *grav.*

Saint Martin, évêque de Tours; par M. de Montrond.

Savants (les) les plus célèbres; par le même.

Sicile (la) : souvenirs, récits et légendes ; par M. l'abbé V. Postel.

Syrie (la) en 1860 et 1861 : massacres du Liban et de Damas, et expédition française ; par M. l'abbé Jobin.

Variétés littéraires ; par M. Poujoulat.

Vendeville (Mgr), évêque de Tournai ; par le P. Fossoz.

Vie de saint Eloi, évêque de Noyon et de Tournai ; par saint Ouen, traduite et annotée par M. l'abbé Parenty.

Wiseman (le cardinal) : étude biographique ; par de Montrond.

2' série in - 8° à 1 fr. 50 le volume.

A travers l'Océanie ; par Mᵐᵉ la comtesse Drohojowska.

Bon (le) Conseiller ; avis, maximes, etc. ; par l'abbé Petitpoisson.

Conquêtes du Christianisme en Asie, en Afrique, en Amérique et en Océanie, par C. Guénot.

Dom Léo, ou le Pouvoir de l'amitié ; par E. S. Drieude.

Edmour et Arthur ; par le même.

Épreuves de la piété filiale ; par le même.

Ère (l') des Martyrs ; par M. l'abbé de Saint-Vincent.

Europe (l') chrétienne ; par C. Guénot.

Fleurs des Martyrs au xixᵉ siècle : Corée ; par A. S. de Doncourt.

Guerre (la) de cent ans, entre la France et l'Angleterre ; par A. de la Porte.

Guerre du Mexique, 1861-1867 ; par M. L. Le Saint.

Histoire de la Tour d'Auvergne, 1ᵉʳ grenadier de France ; par A. Buhot de Kersers.

Histoire des empereurs romains ; par Boissart.

Journal de Clotilde ; par Mˡˡᵉ S. Wanham.

Lieux (les) saints ; par Mgr Maupoint, évêque de Saint-Denis.

Lorenzo, ou l'Empire de la religion ; par E. S. Drieude.

Mardis (les) de Marguerite ; par Marie Emery.

Marie Stuart, reine de France et d'Ecosse ; par A. Laurent.

Martyrs (les) du Japon ; par M. de Montrond.

Mendiante (la) de Saint-Eustache ; par Mᵐᵉ C. Breton.

Page (le) du comte de Flandre ; par M. Barbé.

Rosario, histoire espagnole; par E. S. Drieude.

Sanctuaires (les) les plus célèbres de la sainte Vierge en France; par M. de Gaulle. (Première partie.)

Sanctuaires (les) les plus célèbres de la sainte Vierge en France; par le même. (Deuxième partie.)

Scènes de la vie des animaux; par M. P.

Solitaires (les) d'Isola Doma; par E. S. Drieude.

Une Guerre de famille; par Marie Emery.

3ᵉ série in-8° à 1 fr. 25 le volume.

Algérie (l') chrétienne, par A. Egron.

Algérie (l'); promenade historique et topographique; par le Dʳ F. Andry.

Amicie; par Marie Emery.

Apôtre (l') de la charité : vie de saint Vincent de Paul.

Armand Renty; par J. Aymard.

Bruno, ou la Victoire sur soi-même; par Mᵐᵉ de Gaulle.

Croisé (le) de Tortona; par C. Guénot.

Deux (les) Amis; par S. Bigot.

Devoir et Vertu, ou les Forges de Buzançais.

Dévouement d'une jeune fille; par Mᵐᵉ Beaujard.

Émeraude (l') de Berthe; par M. Auge Vigne.

Enfant (l') de l'hospice; par Marie de Bray.

Ermitage (l') de Saint-Didier; par H. Lebon.

Exemples (les) traçant le chemin de la vertu.

Ferme (la) de Valcomble.

Fernand Delcourt; par S. Bigot.

Fleurs printanières; par M. de Montrond.

Fourier de Mattaincourt (le Bx); par M. le comte de Lambel.

Frère (le) et la Sœur; par F. Villars.

Germaine Cousin (sainte); par M. de Montrond.

— Lille. Typ. L. Lefort. 1856. —

www.ingramcontent.com/pod-product-compliance
Lightning Source LLC
Chambersburg PA
CBHW070815250626
47170CB00006B/2108